# Abracadabra

# El internado mágico

## Abracadabra

Tabitha Black

ANAYA

Título original: *Charm Hall. Toil and Trouble*

www.anayainfantilyjuvenil.com
e-mail: anayainfantilyjuvenil@anaya.es


Publicado por primera vez en Gran Bretaña
por Hodder Children's Books

Juan Ignacio Luca de Tena, 15. 28027 Madrid

Primera edición, marzo 2010

ISBN: 978-84-667-9328-5
Depósito legal: NA. 100/2010
Imprime y encuaderna RODESA
Impreso en España - Printed in Spain

Las normas ortográficas seguidas en este libro son las establecidas
por la Real Academia Española en su última edición de la *Ortografía*,
del año 1999

# Contenido

# Capítulo uno

—¡Hola a todas! ¡Estoy de vuelta!

Penny Hart irrumpió en el dormitorio que compartía con dos alumnas más del internado para chicas Charm Hall, sus mejores amigas. Llevaba el pelo suelto y sus rizos rojizos resaltaban su enorme sonrisa. Había deseado que llegara este momento desde que se despidió de sus padres en el aeropuerto de Dubai. Shannon Carroll y Summer Kirby, la esperaban de pie junto a sus camas. Todavía no habían deshecho las maletas, cuando vieron entrar a Penny. Las dos amigas corrieron a darle la bienvenida con abrazos y besos.

—¡Oh, Penny, qué bien que estemos juntas de nuevo! —exclamó Shannon y volvió a abrazar a la recién llegada—. ¿Te lo has pasado bien en Dubai?

—¡Vaya! ¡Estás muy morena, Penny! —rio Summer—. *¡Qué envidia me das!*

Penny sonrió.

—¡Dubai me ha encantado, pero me alegra estar de vuelta! —exclamó.

Penny recordó que al principio, cuando supo que a su padre le habían trasladado a Dubai y que ella debía ingresar en un colegio nuevo, le fue difícil aceptarlo. Ahora, de nuevo en Charm Hall, sentía como si regresara a su hogar.

—¿Dónde está Velvet? —preguntó impaciente por ver a la gatita.

No terminó de pronunciar estas palabras cuando sintió algo suave que acariciaba sus pantorrillas. Ahí estaba Velvet, la pequeña de color azabache. Penny miró hacia abajo y pudo oír su ronroneo. Velvet no dejaba de mirar a la niña con sus amables ojos dorados.

—¡Hola, Velvet! —dijo Penny al tiempo que cogía a la gata en brazos—. ¡Te he echado de menos!

El ronroneo de Velvet se hizo aún más fuerte, al presionar su hocico contra la mejilla de Penny.

—¿A que en Dubai no has conocido a ninguna gatita tan especial como Velvet? —bromeó Shannon.

Penny rio. Las tres amigas habían descubierto los poderes mágicos de Velvet durante el curso pasado. La gatita había aparecido de repente una tarde de tormenta y no tardaron en advertir su peculiaridad.

—Será mejor que empiece a deshacer la maleta —dijo Penny, y dejó a Velvet delicadamente en el suelo. Su maleta había llegado antes que ella y estaba sobre su cama—. ¡He traído regalos de Dubai para todas!

—¡Oh, genial! —exclamó Shannon.

Velvet se subió de un salto a la cama de Penny y empezó a olisquear con curiosidad la maleta en cuanto la abrió.

—¡Esto es para vosotras! —dijo Penny ofreciendo a sus amigas dos bolsas de regalo.

Shannon y Summer miraron en su interior y encontraron dos preciosos brazaletes de plata iguales. Uno para cada una.

—¡Gracias, Penny! —dijeron al unísono.

—He traído también algunos dulces para Juliana —agregó Penny—, para agradecerle que haya alimentado tan bien a Velvet en nuestra ausencia.

Juliana se ocupaba de la organización del comedor de la escuela. Ella, que conocía a Velvet, creía que la gatita pertenecía a alguna de las granjas cercanas. Sabía que ellas tres alimentaban a Velvet, por lo que se ofreció a continuar con esa tarea mientras ellas disfrutaban de sus vacaciones de verano. Pero Juliana no sabía que Velvet vivía en su dormitorio. Lo mantenían en secreto: en Charm Hall no se permitían mascotas.

Velvet había conseguido meterse en la maleta de Penny entre su ropa y olisqueaba todo, llena de curiosidad.

—¡Sí, para ti también tengo algo, Velvet! —dijo Penny entre risas. Hurgó en la maleta y extrajo de ella un ratón rosado que pendía de un largo cordón dorado. Velvet clavó su mirada ingenua en el roedor y en seguida se puso a juguetear con él mientras Penny lo agitaba sobre su cabeza.

—¡La estamos mimando demasiado! —observó Shannon. La gata seguía dando zarpazos al ratón, que se movía de un lado a otro—. ¡Tiene muchísimos juguetes! Summer le ha traído una pelotita con un cascabel.

—¡Pues, anda que tú! —exclamó Summer, y soltó una carcajada—. ¡Una caja llena de dulces!

Shannon sonrió y miró a Velvet, que, tras tirar el ratón al suelo de un zarpazo, se disponía a atacarlo.

—Es que en el supermercado de mi barrrio puedes encontrar más cosas que en la tienda más cercana a la escuela —dijo—. Además, ¡a Velvet le encantan los regalos!

Las tres amigas continuaron sacando cosas de sus respectivas maletas.

—¡Ay! He traído algo más. —dijo Shannon sosteniendo una linterna plateada y blandiéndola en el aire—. ¡Ahora, cuando celebremos nuestros festines de medianoche, podremos saber qué es lo que comemos!

—¡Qué buena idea, Shannon! —reconoció Summer—. La linterna de mi teléfono móvil no alumbraba demasiado. ¿Os acordáis de cuando llenamos el suelo de la habitación de patatas fritas? ¡Estuvimos después un buen rato limpiando!

Penny y Shannon rieron.

—¿Y por qué no celebramos uno esta noche? —sugirió Shannon al tiempo que sacaba un par de barritas de chocolate.

Penny dejó escapar un suspiro de alegría. Un nuevo curso comenzaba en el internado mágico Charm Hall, y presentía que iba a ser tan divertido como el anterior.

—¿Recuerdas lo que dijiste ayer, sobre lo maravilloso que es estar de vuelta en Charm Hall? —le susurró Shannon a Penny a la mañana siguiente, después del desayuno. Se dirigían al salón de actos, no querían perderse el discurso de bienvenida de todos los años.

Penny asintió, algo desconcertada.

—Es que... —continuó Shannon en voz baja— ¡Charm Hall no es la escuela perfecta! —dijo, y señaló con la cabeza a un grupito de compañeras.

—¡He disfrutado de unas vacaciones estupendas! —contaba Abigail Carter a sus compañeras de habitación, Mia y Chloe—. Mis padres me llevaron a Florida y durante dos semanas nos hospedamos en un hotel *súper* lujoso.

Penny hizo una mueca de burla. Abigail Carter estaba en su curso y para Penny y sus amigas era insoportable.

—Me había olvidado por completo de Abigail —dijo Penny con una sonrisa.

—¡Qué suerte! —contestó Summer, y le guiñó un ojo.

Las alumnas de Charm Hall entraron en el salón de actos. A Penny nunca dejaban de sorprenderla los altos techos y las alargadas ventanas puntiagudas.

—Tenemos maestra nueva —susurró Shannon a Penny y a Summer—. Está justo detrás de la señorita Collins.

Penny miró con disimulo por encima del hombro. Era la primera vez que veía a aquella mujer que permanecía sentada justo detrás de la maestra de Lengua. Tenía el cabello negro, peinado hacia atrás, y los ojos verdes.

—Tal vez sea la nueva maestra de Historia —sugirió Summer—. La señorita Gordon se marchó al finalizar el curso pasado.

No pudieron seguir hablando porque la señorita Linnet, la directora, entró al salón en ese preciso momento. El silencio lo invadió todo cuando subió al escenario.

—¡Bienvenidas, niñas, un año más! —comenzó su discurso la directora, sonriente— Estoy encantada de teneros a todas aquí para un nuevo curso en Charm Hall.

Penny miró a Summer y a Shannon. La escuela había estado a punto de cerrar de manera definitiva debido a que se había perdido parte del testamento de Lavinia Charm, sin el cual la escuela no podía permanecer abierta. Gracias a Velvet se pudo evitar el cierre del internado.

—Antes de inaugurar el nuevo curso, me gustaría darle la bienvenida a dos nuevos integrantes del personal de la escuela —continuó la señorita Linnet—. A Sam Morris, a quien os acostumbraréis a ver por la escuela.

En este momento todas las alumnas se giraron para ver a un hombre de mediana edad con cabello canoso y firme mirada color café que permanecía sentado al fondo del salón.

—También quiero darle la bienvenida a la señora Stockbridge, vuestra nueva maestra de Historia —prosiguió la señorita Linnet—. Estoy segura de que disfrutará su estancia en Charm Hall.

—Me pregunto cómo será —susurró Shannon a Penny.

Penny estaba a punto de responder cuando notó que la señorita Collins les clavaba la mirada, y guardó silencio.

—El inicio de un nuevo año escolar siempre es un momento importante —anunció la señorita Linnet—. Es el comienzo de nuevas aventuras y nuevos desafíos. Y este año, ¡queremos empezar a trabajar con energías renovadas! —hizo una pausa y paseó la mirada por el salón.

Las alumnas atendían a las palabras de la directora.

—Y para animaros y empezar con buen pie os anuncio que a finales de octubre celebraremos una gran fiesta: ¡la noche de brujas!

# Capítulo dos

En el salón estalló una oleada de entusiasmo y todas las alumnas empezaron a hablar al mismo tiempo.

—¡Una fiesta! —exclamó Penny—. ¿Creéis que nos dejarán disfrazarnos?

—Por supuesto que sí —respondió Shannon—. ¡Es la noche de brujas!

La señorita Linnet concedió a las alumnas unos minutos para hablar y luego levantó la mano para pedir silencio. En seguida recuperaron la calma.

—Debemos crear un grupo de trabajo que se encargue de la organización y de la decoración de la fiesta —explicó—. Podrán participar voluntarias de todos los cursos y de las cuatro casas de la escuela. Y, por supuesto, ¡queremos que todas os disfracéis para la ocasión! —anunció la señorita Linnet con ojos centelleantes. El salón de nuevo bullía de entusiasmo—. Habrá un premio de dos entradas de cine para el mejor disfraz.

—¿Por qué no nos apuntamos? —propuso Penny, entusiasmada.

Shannon asintió, pero Summer frunció el ceño.

—Yo no creo que pueda —dijo—. Estaré muy ocupada con las clases de gimnasia este trimestre.

—Bueno... no te preocupes —dijo Shannon—. Parece que solo quedamos tú y yo, Penny.

—Pero todas debemos empezar a pensar en nuestros disfraces —agregó Penny.

—¡Cuanto más horripilantes, mejor! —dijo Summer alegre.

—¡Niñas! —La señorita Linnet volvió a levantar la mano—. Si alguna de vosotras está interesada en participar en el grupo de trabajo que organizará la fiesta, debe apuntarse en la lista que se colgará en el tablón de anuncios de la secretaría.

Al finalizar la reunión, las tres amigas se dirigieron directamente a la secretaría. Solo Penny y Shannon apuntarían sus nombres en la lista.

Se encontraron con una gran fila de voluntarias.

—Mirad quién está adelante —susurró Summer.

En ese instante, Abigail Carter escribía su nombre en la cabecera de la lista con letras muy grandes; a continuación, dejó estampada su firma. Cuando se retiró vio que Penny, Shannon y Summer la observaban. Al pasar junto a ellas, Abigail se apartó el cabello de la cara con arrogancia.

—¿Para qué os molestáis en apuntaros? —les preguntó—. *Vosotras* no conseguiréis formar parte del grupo de trabajo. ¡La señorita Linnet está buscando personas inteligentes!

—Entonces, ¿por qué te has apuntado tú? —preguntó Shannon.

Abigail la fulminó con la mirada.

—¡No tengo ninguna duda de que la señorita Linnet me escogerá! —dijo, furiosa.

—De cualquier modo, no nos importará mucho si no nos escogen a nosotras —dijo Shannon indiferente—. Así dispondremos de más tiempo para trabajar en nuestros disfraces. ¡Tenemos una idea realmente *genial*!

—¡Oh! —exclamó Abigail desconcertada—. Pues..., ejem..., ¡yo también! ¡Mi disfraz de noche de brujas os sorprenderá!

—Seguro que no es tan original como los nuestros —dijo Shannon, con mucha seguridad.

Abigail estaba realmente molesta.

—Tal vez ni siquiera deberíais molestaros en poneros un disfraz. ¿Por qué no vais a la fiesta de noche de brujas vestidas de vosotras mismas? —replicó—. ¡Sois lo suficientemente espeluznantes! —Y se marchó con paso altanero mirándolas por encima del hombro.

—¡Bueno! —dijo Shannon al tiempo que sacudía la cabeza—. Y vosotras, ¿qué miráis? —agregó al notar que Summer y Penny la miraban con una expresión de extrañeza en el rostro.

—¿Cuál es esa gran idea? —preguntó Penny. Summer asintió con la cabeza. Se hacía la misma pregunta.

Shannon se encogió de hombros.

—¡No lo sé! —respondió—. Solo quería provocar a Abigail.

Penny y Summer se molestaron.

—¡Me lo he creído, Shannon! —se quejó Summer.

—Yo también —coincidió Penny—. ¿Y ahora qué? Tendremos que ser muy originales para ganar el premio y darle a Abigail su merecido.

—Sí, lo sé —respondió Shannon con una sonrisa—. ¡Será mejor que nos pongamos a ello!

—Ya casi es la hora de la cena —dijo Penny, y arrojó el bolígrafo sobre su escritorio; había terminado los deberes de Lengua. Se giró para ver qué hacían sus compañeras, que seguían inclinadas sobre sus libros—. Vamos a comer. ¡Me muero de hambre!

Ya habían pasado algunos días y en la escuela aún se respiraba el entusiasmo por la fiesta de la noche de brujas. Penny y Shannon estaban contentísimas porque la señorita Linnet las había escogido para el grupo de trabajo que se ocuparía de la decoración.

—Estoy lista —dijo Summer—. ¿Cómo vas tú, Shannon?

—Apenas voy por la mitad de los ejercicios de Matemáticas —gruñó—. ¡Me están volviendo loca! —Echó un vistazo a Velvet, que permanecía estirada sobre la cama de Summer—. Apuesto a que te alegras de no tener que hacer una división de las largas, Velvet. ¡Oye! ¡Tal vez puedas terminarla por mí mientras ceno!

Velvet abrió un ojo perezosamente y miró a Shannon como si quisiera decirle «Haré como si no he escuchado nada», y volvió a dormirse.

—Creo que eso ha sido un «No» rotundo, Shannon —dijo Penny entre risas.

Las tres amigas dejaron a Velvet en el dormitorio y bajaron al comedor a toda prisa.

—¿Qué haremos esta noche después de la reunión de vuestro grupo de trabajo? —preguntó Summer—. ¿Qué os parece si vamos a la sala de juegos y jugamos al pimpón?

—Suena bien. —Shannon se mostró de acuerdo—. Solo espero que Abigail no se ponga muy tonta en la reunión —agregó—. ¿Por qué la elegiría también a ella la señorita Linnet?

—Supongo que a Abigail se le da muy bien organizar cosas —dijo Penny en tono gruñón de camino al comedor.

De repente, Penny notó que se le había desatado el cordón de un zapato. Se inclinó para volver a atarlo y, en ese preciso instante, alguien chocó con ella y casi la tira al suelo.

—¡Qué lugar más estúpido para detenerse! —exclamó Abigail, malhumorada, al tiempo que pasaba junto a Penny y seguía su camino sin detenerse ni un instante.

—¡Típico de Abigail! —dijo Shannon, y sacudió la cabeza—. ¡Ella se choca contigo y luego te echa la culpa a ti por ponerte en su camino!

Abigail se había detenido en el pasillo para leer los mensajes del tablón de actividades deportivas. Se sorprendieron mucho al ver que se apuntaba para una excursión a la piscina del pueblo.

Penny frunció el ceño, perpleja. Shannon, Summer y ella se habían apuntado para realizar esa misma excursión el día anterior, y todo el mundo sabía que Abigail *odiaba* nadar.

—¡Qué raro! —murmuró Penny para sus adentros, y entró en el comedor.

Sentían como si últimamente no pudieran quitarse de encima a Abigail. Durante el almuerzo, había escogido deliberadamente un asiento junto a ellas, luego se había chocado con Penny en el pasillo y ahora iría a la excursión de la piscina.

Penny sacudió la cabeza, desconcertada. Apenas había comenzado el nuevo curso y las cosas ya se estaban poniendo feas. ¿Qué estaría tramando Abigail?

—Mirad todas esas hojas —señaló Penny, dirigiendo su mirada al jardín de la escuela.

Junto a Shannon y a Summer atravesaba el pasillo dando grandes zancadas para no llegar tarde a su siguiente clase. Ya habían pasado algunas semanas desde el inicio del curso y el otoño comenzaba a sentirse.

Penny y Shannon asistían a todas las reuniones del grupo de trabajo que organizaría la fiesta de noche de brujas.

—¡Al menos Velvet se divierte! —rio Summer, y señaló a la gatita, que se entretenía persiguiendo una hoja dorada.

—Me pregunto qué haremos hoy en Historia —dijo Penny, pensativa, al entrar en el aula—. Realmente me agrada la señora Stockbridge. ¿Y a vosotras?

—Sí, es mucho más amable que la señora Stark y sus ejercicios de Matemáticas —coincidió Shannon.

Penny asintió con la cabeza. Parecía que la señora Stockbridge se preocupaba por que sus clases de Historia fueran divertidas y emocionantes. Por ejemplo, acababan de terminar una investigación sobre sus árboles genealógicos.

Las alumnas se sentaron en los lugares que acostumbraban ocupar. Abigail entró apurada minutos después, pero en lugar de dirigirse al pupitre donde solía sentarse, junto a Mia, su compañera de habitación, se dirigió al que quedaba libre detrás de Shannon, Summer y Penny.

—¡Nuestra sombra ha vuelto! —susurró Shannon a Penny y a Summer.

Penny frunció el ceño. Parecía que Abigail las había estado siguiendo a todas partes durante las últimas semanas. Cada vez que se giraban, allí estaba Abigail. Se había sentado justo detrás de ellas en el autobús que las llevaba a la piscina, y en las clases últimamente intentaba conseguir un sitio lo más cerca posible del suyo. Sin embargo, las tres amigas aún ignoraban lo que Abigail pudiera estar tramando.

—Abigail, ¡te has sentado en mi sitio! —dijo Melanie Adams al entrar en clase. Ella era quien normalmente ocupaba esa mesa.

—No veo tu nombre escrito aquí —respondió Abigail con brusquedad—. Además, yo he llegado primero.

Melanie se encogió de hombros y buscó con la mirada otro sitio para sentarse. Penny se giró curiosa hacia atrás. *¿Por qué* estaba tan interesada Abigail en sentarse detrás de ellas?

En ese momento entró la señora Stockbridge.

—Todas a sus sitios, por favor —dijo con una sonrisa al tiempo que apoyaba un montón de papeles sobre su escritorio—. Hoy tengo un proyecto nuevo y muy emocionante para vosotras; quiero que forméis grupos de tres. Por favor, moved vuestras sillas si es necesario.

—Pues ¡eso es fácil! —dijo Shannon, y en su rostro se dibujó una sonrisa—. ¡Ni siquiera tenemos que movernos!

Penny miró de reojo a Abigail. Siempre que se dividían en grupos, Abigail trabajaba con Mia y con Chloe, pero esta vez sus amigas se encontraban en el otro extremo del aula.

Penny advirtió que Abigail se levantaba y movía de mala gana su silla, mirándolas con desconfianza. Penny frunció el ceño; le rondaba un pensamiento que la inquietaba. ¿Y si la razón por la que Abigail las seguía a todas partes fuera que quería ser su amiga?

—Bien, entonces, comencemos —dijo la señora Stockbridge, interrumpiendo los pensamientos de Penny—. Nuestro trabajo durante las semanas siguientes se centrará en la noche de brujas, ¡así lo que hagamos en clase os ayudará para organizar la fiesta que os tiene tan entusiasmadas!

Un murmullo de interés recorrió el aula.

—Quiero que cada grupo escoja un tema relacionado con la noche de brujas —continuó la maestra—. Por ejemplo, podríais estudiar cómo han evolucionado las celebraciones de la noche de brujas a lo largo de la historia. O podríais centraros en la historia de las brujas en Gran Bretaña o en el estudio de alguna leyenda sobre algún lugar embrujado, como la Torre de Londres, por ejemplo. Es más —dijo, e hizo una pausa—, hasta podríais hacer un trabajo sobre la escuela Charm Hall, vuestra escuela. Como algunas de vosotras probablemente sabéis, existe una leyenda según la cual algunas de las mujeres de la familia Charm fueron verdaderas brujas. Podría ser interesante abrir esta línea de investigación.

Penny miró a Summer y a Shannon. ¡Supo en seguida qué proyecto le interesaba!

—Hasta que termine la clase podéis discutir con vuestros grupos sobre qué queréis hacer el trabajo —concluyó la señora Stockbridge.

Penny se dirigió a sus amigas.

—¿Qué os parece si…?

—¡Sí! —contestaron ansiosas Summer y Shannon al unísino.

—¡Pero si no me habéis dejado decir nada! —rio Penny.

—Ibas a decir «¿Qué os parece si hacemos un trabajo sobre Charm Hall?» —dijo Summer.

—Para averiguar todo sobre la familia Charm —agregó Shannon con una sonrisa— ¡y sobre ese gatito que aparece en el retrato de Lavinia Charm y que es igualito a Velvet!

# Capítulo tres

—Bien. Entonces, ¿por dónde empezamos? —preguntó Penny, y cogió un bolígrafo.

—Comencemos por intentar averiguar un poco más sobre la historia de la mansión —sugirió Summer—. Apuesto a que en internet encontramos algo.

—¡Buena idea! —celebró Shannon.

La señora Stockbridge fue de grupo en grupo comentando con las alumnas el tema elegido. Cuando llegó a la mesa de Penny y sus amigas, se alegró de ver una larga lista de notas en el cuaderno de Shannon.

—Parece que tenéis muchísimas ideas, niñas —señaló—. ¿Qué tema habéis escogido?

—Trabajaremos sobre la historia de Charm Hall —explicó Shannon—, tal como ha sugerido usted.

La señora Stockbridge asintió con la cabeza.

—¡Eso suena fascinante!

—Se nos ha ocurrido comenzar por una búsqueda en internet —dijo Summer.

—Pues, tenéis mi permiso para utilizar hoy la sala de ordenadores durante el horario de estudio, o más tarde, fuera del horario lectivo, si así lo necesitáis —dijo la señora Stockbridge—. ¡Informadme si descubrís algún dato especialmente interesante! Espero con impaciencia ver vuestro trabajo terminado, niñas.

Ese día le había resultado difícil a Penny concentrarse en el resto de las clases. Estaba tan entusiasmada con el proyecto y la posibilidad de averiguar más sobre Velvet que apenas podía pensar en otra cosa.

Las tres amigas terminaron los deberes de las demás asignaturas durante la hora de estudio y luego bajaron a cenar. Después de la cena se dirigieron directamente a la sala de ordenadores. Como el horario oficial para usarla había terminado, estaba vacía.

—Me sorprende que Abigail no nos esté siguiendo —señaló Shannon, y se acercó con una silla al escritorio.

—Estará con Mia y Chloe concentrada en su trabajo —contestó Summer, y encendió el ordenador.

—Se sentó detrás de nosotras en Ciencias y también durante la cena —agregó Penny—. Últimamente, está siempre cerca. Me preguntaba si no querrá que seamos amigas.

—Penny, *es una broma,* ¿verdad? —dijo Shannon—. ¡No puedo imaginar que esa sea la razón por la que nos sigue!

Summer comenzó a escribir el nombre de la escuela en el buscador de internet. Leyeron los resultados de la búsqueda, pero la mayoría de los sitios solo mencionaban cosas relacionadas con la escuela actual. Sin embargo, persistieron en la búsqueda y llegaron a encontrar información que parecía más interesante.

Por fin, en una página web que contenía fotografías de casas antiguas, Summer encontró información sobre Charm Hall.

—Lo tengo —dijo, y comenzó a leer en voz alta:

«Charm Hall se construyó en la Edad Media. Ha sido reformada desde su construcción en varias ocasiones, y en la actualidad la mayor parte de la edificación es de estilo Tudor».

—Continúa —dijo Penny señalando la pantalla.

Summer continuó leyendo:

«Charm Hall es un excelente ejemplo de una mansión de este estilo, ya que no se vio afectada por los acontecimientos que sí dañaron otros edificios históricos: la Segunda Guerra Mundial, las diversas inundaciones y severas tormentas que azotaron el país...».

—¡Es que Charm Hall es una mansión encantada! —rio Shannon al llegar al final de la página.

Siguieron buscando información.

—Este sitio parece interesante —dijo Summer al tiempo que hacía clic en el enlace—. Trata sobre la historia de las brujas en Gran Bretaña.

El sitio era enorme y tenía montones de páginas diferentes, y una sección bastante amplia dedicada a las brujas de Charm Hall.

—¡Mirad! Dice que existe una leyenda según la cual las mujeres de la familia Charm eran brujas

—se sorprendió Shannon, y continuó leyendo—: «Esta leyenda nos llega del siglo XVIII. Estelle Charm, la hija de sir William, el sexto lord Charm, era la séptima hija de una séptima hija y, en esa época de supersticiones, se le atribuían ciertos poderes desde su nacimiento».

—¿La séptima hija de una séptima hija? —repitió Penny confusa.

—Sir William y su esposa ya debían de tener seis hijas y luego tuvieron a Estelle —explicó Summer.

—Y la madre de Estelle nació cuando *sus* padres ya tenían seis hijas, por lo que ella también era *una* séptima hija —agregó Shannon.

—Me pregunto si Estelle fue realmente una bruja —dijo Penny.

—¡Intentemos averiguarlo! —replicó Summer al tiempo que echaba un vistazo al reloj de pared—. Todavía nos queda un rato antes de la hora de ir a dormir, pero de todos modos será mejor que nos demos prisa.

A continuación, Penny escribió en el buscador «Estelle Charm» y «bruja» y se desilusionó al descubrir que había muy poca información sobre Estelle.

De repente, pudo leer:

«Grandes misterios. La familia Charm y el Ojo del Cielo».

—¿El Ojo del Cielo? —repitió Shannon, desconcertada mientras Penny seguía leyendo—. ¿Qué es eso?

—«El Ojo del Cielo es el nombre de un hermoso zafiro que perteneció a la familia Charm» —leyó Penny en voz alta—. «Existen muchas leyendas relacionadas con esta fantástica joya. Se dice que los dioses crearon el zafiro y lo enviaron desde el cielo. Sin embargo, los expertos creen que fue William, el sexto lord Charm, quien lo trajo de la India, de uno de sus viajes por Asia».

—William es el padre de Estelle, ¿verdad? —preguntó Shannon.

Penny asintió con la cabeza.

—Y... ¿a quién pertenece ahora el Ojo del Cielo? —quiso saber Summer.

—«Al ser uno de los zafiros más grandes y exquisitos que jamás hayan existido, el Ojo del Cielo no tiene precio. Nadie sabe de su paradero desde que hace doscientos años se le perdió la pista» —continuó Penny—. «La gema, engastada en un magnífico collar de oro, fue vista por última vez en posesión de la familia Charm a finales del siglo XVIII...».

—¡Tenemos mucho material para nuestro trabajo! —dijo Shannon, entusiasmada—. Podemos incluir información sobre el Ojo del Cielo.

Penny se mostró de acuerdo.

—Ojalá pudiéramos encontrar más información sobre Estelle —suspiró—. Sigamos.

Las tres amigas continuaron su búsqueda visitando más páginas web y encontraron información nueva, esta vez sobre un hecho ocurrido muchos años atrás: alguien había llegado a forzar la entrada de la escuela Charm Hall.

—¡*Miau!*

Las tres niñas se sobresaltaron y dirigieron su atención a la entrada. Allí estaba Velvet, que las miraba de modo inquisitivo con sus almendrados ojos dorados.

—Hola, Velvet —dijo Shannon, y la gatita se acercó sigilosamente—. ¿Has venido a decirnos que ya es hora de ir a la cama? —Miró el reloj y dejó escapar un silbido—. Será mejor que nos vayamos.

—Yo cierro la sala —dijo Penny bostezando, y cogió el ratón.

Justo en ese momento, Velvet, de un salto, se subió al escritorio y antes de que pudieran detenerla comenzó a caminar sobre el teclado ante el asombro de las niñas.

—¡Oh! —Penny hizo un movimiento brusco hacia atrás. La pantalla comenzó a parpadear y el monitor parecía despedir chispas doradas—. Velvet, ¿qué has hecho?

—¿Ha roto el ordenador? —preguntó Shannon con expresión preocupada.

—No —respondió Summer, y clavó los ojos en la pantalla al tiempo que recobraba el aliento—. ¡Mirad!

De la pantalla salió la imagen virtual de una joven vestida con un largo y elegante vestido rosa y blanco.

—Oíd bien, mis amigas —dijo con la mirada fija en ellas—, y os contaré la verdadera historia de Estelle Charm y el Ojo del Cielo.

No dejaron de prestar atención a la joven. Mientras tanto, Velvet se sentó al borde del escritorio y movía el rabo de un lado a otro.

—Sir William, el sexto lord Charm, y su esposa Margaret tuvieron siete hijas —contó—. Sus nombres eran María, Eliza, Sara, Hannah,

Clarissa, Rebeca y Estelle. Su octavo hijo fue un varón al que llamaron James.

A medida que la joven nombraba a los hijos de la familia Charm, desfilaban en la pantalla sus retratos, uno tras otro. Estelle era hermosa, tenía el cabello oscuro y los ojos color café.

—Un momento —dijo Summer, confusa—. ¿De dónde han salido esos retratos?

—¡De la página web, por supuesto! —respondió Shannon.

—No. Lo que quiero decir es que esos retratos no son *pinturas* —explicó Summer—. Más bien parecen fotografías. —Frunció el ceño desconcertada—. ¡Pero no había cámaras fotográficas a finales del siglo XVIII!

Penny y Shannon se miraron sorprendidas al darse cuenta de que Summer estaba en lo cierto.

—¿Sabéis una cosa? —continuó Summer mirando a Velvet, que permanecía quieta sobre la mesa—. No creo que este sea un sitio electrónico *cualquiera*... parece efecto de un hechizo, ¡quizá se trate de la magia de Velvet!

# Capítulo cuatro

Penny asintió con la cabeza. Estaba de acuerdo con Summer. Volvió a dirigir su atención a la página web misteriosa. El corazón le latía con fuerza.

—Lamentablemente, los ocho niños perdieron a su madre y a su padre siendo aún muy jóvenes —relató la imagen virtual—. Murieron a causa de una enfermedad misteriosa durante uno de sus viajes. Estelle creció y se convirtió en una experta en el arte de la sanación, y muchos habitantes del pueblo que rodea Charm Hall cuando enfermaban acudían a ella en busca de ayuda.

—¡Guau! —exclamó Shannon con admiración.

—Con frecuencia Estelle podía curar a los enfermos gracias a las pociones que ella misma elaboraba. Llevaba un registro de los detalles de sus remedios en un diario, y así comenzó a circular el rumor de que era una bruja. Mucha gente sospechaba que Estelle anotaba sus hechizos en un diario, sin el cual no iba a niguna parte. Además, era la séptima hija de una séptima hija...

—¿*Era* una bruja? —preguntó Penny en un susurro.

La joven miró a Penny a los ojos.

—En efecto, era una bruja. ¡Estelle tenía poderes mágicos!

Penny, Shannon y Summer ahogaron un grito de sorpresa, emocionadas por lo que acababan de escuchar.

La joven del ordenador sonrió y chasqueó los dedos. Inmediatamente, desapareció su imagen de la pantalla y en su lugar se sucedieron distintas imágenes: un paisaje natural en un día tormentoso, el cielo oscurecido por amenazantes nubes negras, los árboles del bosque azotados por el viento...

—¡Parecen las imágenes de una película! —exclamó Penny.

—Esa noche ocurrió algo muy importante —dijo la imagen virtual—. Fue la noche en que Eliza Charm, la segunda hermana de Estelle, celebraba su fiesta de compromiso.

De repente, la escena cambió. Como el efecto de un zoom, la imagen pareció acercarse. Un grupo de personas se dirigía a un gran edificio mientras, sobre sus cabezas, estallaban los truenos, y los relámpagos zigzagueaban en el cielo oscuro iluminando la fachada principal del edificio.

—¡Es Charm Hall! —señaló Shannon.

—¿Quién es toda esa gente? —quiso saber Summer—. ¿Se dirigen a la fiesta de compromiso de Eliza?

Las tres amigas observaron entonces cómo el hombre que encabezaba la marcha golpeaba la puerta. Podían oír la música y las risas que provenían del interior de la casa. El hombre tuvo que aporrear la puerta con fuerza para que lo escucharan.

De repente, la puerta se abrió. Una hermosa joven con un largo vestido rojo y el cabello oscuro y recogido los observaba con mirada inquisitiva.

—¡Es Estelle! —exclamó Summer.

—Por favor, señorita —dijo el hombre que había golpeado la puerta mientras se frotaba sus manos con ansiedad—. ¿Sería tan amable de ayudarnos?

—Por supuesto, John Miller, siempre que me sea posible —dijo Estelle en un tono amable, y recorrió con la mirada a la multitud—. ¿Qué apremia tanto para haberos hecho salir de casa una noche de tormenta como esta?

—Señorita Estelle, ¡es terrible! —exclamó otro hombre—. Aún no hemos recogido nuestras cosechas. Los campos se inundarán. ¡Todos moriremos de hambre!

Se oyó un murmullo de voces.

—¡Por favor, ayúdenos, señorita Estelle! —rogó John Miller.

Estelle miró al cielo y asintió con la cabeza.

—Un encantamiento os protegerá y vuestros cultivos se mantendrán a salvo —dijo con voz firme—. ¡Volved a casa, pronto, y confiad en mí!

—¡Dios la bendiga, señorita Estelle, y gracias! —dijo John Miller, agradecido, y la multitud comenzó a dispersarse.

Penny, Shannon y Summer vieron que Estelle cerraba la puerta mientras otra joven, con el cabello del mismo color, un vestido azul y joyas se acercaba a ella atravesando el hall.

—Es Eliza —dijo Shannon.

—Estelle, ¿por qué te entretienes tanto? El baile está a punto de comenzar. ¿Quién llamó a la puerta?

—¡Mirad! —exclamó sorprendida Penny, y señaló el collar de oro que llevaba Eliza Charm—. ¡Ese debe de ser el Ojo del Cielo!

Engastada en el centro del collar brillaba una gran gema azul.

—Gente del pueblo —le dijo Estelle a su hermana—. Les prometí que los protegería de la tormenta. Pero un encantamiento tan poderoso requiere de un objeto que pueda albergar su poder. Dame el Ojo del Cielo.

Las tres amigas observaron boquiabiertas cómo Eliza se quitaba el collar y se lo entregaba a Estelle, que lo sostuvo en la mano, elevándolo al tiempo que caía un relámpago cuyos destellos plateados iluminaban la casa.

Estelle murmuró el encantamiento en un susurro. Penny, Shannon y Summer no pudieron oír sus palabras. De repente, uno de los rayos pareció incidir justo en el collar, en el zafiro, que desprendió un destello azulado.

—¡He acabado! —dijo Estelle. Tenía el rostro pálido y parecía cansada—. Acabo de hacer un poderoso hechizo, un encantamiento de protección, sirviéndome del zafiro. Esta joya ahora es un objeto mágico, y nunca debe abandonar el pueblo o estas tierras perderán la protección. ¡Debo encontrar un escondite donde guardarlo para que nadie lo descubra jamás!

—El hechizo te ha dejado agotada —dijo Eliza, nerviosa—. Apóyate en mí, hermana. Te ayudaré. —Rodeó a Estelle con el brazo y desaparecieron en el interior de la sala mientras la imagen en la pantalla se desvanecía.

—El encantamiento de protección de Estelle funcionó —continuó la voz—. La tormenta pasó sin afectar al pueblo ¡y así se salvaron los cultivos!

Penny, Shannon y Summer seguían mirando la pantalla pero la imagen había desaparecido por completo.

Shannon abrió la boca para decir algo, pero antes de que pudiera articular palabra la puerta de la sala se abrió de golpe. Penny vio desaparecer la punta del rabo de Velvet detrás de la impresora justo en el momento en que la señorita Linnet asomaba la cabeza por la puerta.

—Niñas, ¡es muy tarde! —dijo la directora en un tono cortante—. Además, estáis aquí fuera del horario establecido. Imagino que tendréis permiso.

—Sí, señorita Linnet —respondió Penny—. La señora Stockbridge dijo que podíamos usar el ordenador a estas horas. De todos modos, no era nuestra intención quedarnos hasta tan tarde.

—El tiempo se nos ha pasado volando. Lo sentimos —agregó Shannon.

La señorita Linnet arqueó las cejas.

—¡Debéis estar trabajando en algo muy interesante!

—Es sobre la historia de Charm hall —explicó Summer.

La señorita Linnet sonrió.

—Pues *sí* que parece fascinante, niñas —contestó—. Pero ahora debéis ir a la cama, no disgustéis a la señorita Bloomfield.

—Sí, señorita Linnet —murmuraron las tres, avergonzadas.

La directora asintió con la cabeza y se despidió. En seguida, Penny se apresuró a apagar el ordenador. Al hacerlo, notó que en la barra de direcciones del navegador no figuraba ninguna dirección electrónica.

—Summer tiene razón —dijo—. ¡Debe de haber sido obra de la magia de Velvet!

La gatita apareció sigilosa de detrás de la impresora.

—*Miau* —maulló, y se escabulló.

—¡Creo que ha querido decirnos que nos demos prisa! —dijo Penny.

Las niñas corrieron escaleras arriba hasta su habitación lo más rápido que pudieron.

—Estás muy callada, Summer —dijo Shannon casi sin aliento, al pasar junto a la gárgola del último tramo de escaleras— ¿Qué sucede?

—Creo que tengo una sorpresa para vosotras —dijo Summer, misteriosa.

—¿Qué es? —preguntó Penny.

—No quiero decir nada hasta haberlo confirmado.

—¡Summer! —gruñó Shannon de mal humor—. ¡Dinos! ¿Qué es? No nos dejes tan intrigadas.

Summer rio.

—Pronto sabréis de qué se trata —dijo.

Las tres amigas se apresuraron para llegar al dormitorio cuanto antes. Allí encontraron a Velvet acurrucada sobre la cama de Penny.

—¡Cómo me gustaría saber deslizarme y desaparecer tan rápido como tú, Velvet! —dijo Shannon con una sonrisa al tiempo que se ponía el pijama—. Por favor, Summer, ¡ahora dinos qué sucede!

Summer hurgaba en uno de los cajones de su escritorio.

—¡Rápido, Summer! En un minuto la señora Bloomfield hará su ronda para comprobar que todo el mundo está en la cama —dijo Penny.

Shannon agitándose de un lado a otro e intentando cambiarse de ropa a gran velocidad, casi se cae al meter, por accidente, los dos pies en la misma pernera del pantalón de su pijama.

—¿*Qué* es lo que estás buscando, Summer? —preguntó.

—¡Esto! —anunció Summer en tono triunfal, y les mostró un antiguo diario encuadernado en piel.

—¿Te refieres a ese viejo y polvoriento libro que encontramos en el sótano mientras buscábamos objetos para vender en el festival de la escuela el curso pasado? —dijo Shannon—. ¿Por qué tienes tanto interés en *él*?

—Las letras estaban borrosas, casi no se podía leer nada, ¿recuerdas? —agregó Penny.

—Pues, creo que deberíamos intentar descifrar el contenido —sugirió Summer con convicción—. ¡Es el diario de Estelle Charm!

—¡No me lo puedo creer! —dijo Shannon—. ¿El misterioso diario, el diario de los hechizos?

Summer asintió. Señaló el lomo del libro. Allí estaban impresas las letras *E. C.* casi ilegibles, en tinta roja.

—¡Son las iniciales de Estelle Charm! —exclamó Penny con voz temblorosa.

Summer abrió el libro por sus primeras páginas. Shannon y Penny se acercaron todo lo que pudieron a Summer para no perder detalle. Intentaron descifrar la escritura de la primera página.

—«Esta es la historia de mi familia...» —leyó Penny en voz alta.

—¡Qué interesante! —dijo Shannon, apagó la luz y cogió su linterna—. Pero nos puede llevar toda la noche, nos meteremos en un lío si la señora Bloomfield nos descubre. ¡Escondámonos debajo del edredón!

Las tres amigas se sumergieron en la lectura del diario debajo del edredón y con la linterna de Shannon. La letra era pequeña y apretada.

Lunes, día 7 de junio.

El cocinero se ha estado quejando porque alguien ha dejado medio vacía la jarra de crema que había en la alacena. Sospecho que el travieso de mi hermano James ha estado robando crema para Petal otra vez. Ahora me explico por qué su pelaje brilla tanto. ¡Debe de ser la gata mejor alimentada del pueblo!

—No hace ninguna mención del Ojo del Cielo por ahora —dijo Shannon con un tono de desilusión en la voz pasando las páginas del diario.

Las tres amigas no terminaban de comprender el significado de todo aquello. En el diario, Estelle describía la visita a una casa vecina, contaba que la modista del pueblo le estaba confeccionando un vestido nuevo...

Martes, día 15 de junio.

¡Eliza será la esposa del capitán Benedict! Organizaremos una fiesta para celebrar su compromiso...

—Leed esto: «¡Remedio contra las verrugas! Se necesitan ortigas frescas. Hervid las hojas de ortigas con una pizca de nuez moscada. Agregad...» —Penny frunció el ceño—. No puedo entender lo que sigue...

—Estupendo, la escritura vuelve a ser clara al final de la página —señaló Summer:

—«Frotad el ungüento sobre la verruga...» —continuó Penny.

De repente, un ruido de pasos las sobresaltó.

—¡Chist! ¡Es la señora Bloomfield! —susurró Summer.

Penny, Shannon y Summer permanecieron en silencio debajo del edredón; Shannon consiguió apagar la linterna. Penny sentía que el corazón le latía con fuerza temiendo que la señora Bloomfield las descubriera. Pero los pasos se detuvieron justo frente a su puerta. Penny contuvo el aliento. «¿Nos habrá oído?», se preguntó. «¿Entrará en la habitación?».

# Capítulo cinco

Tras unos instantes, la señora Bloomfield pasó de largo. Penny dejó escapar un sonoro suspiro de alivio.

—Será mejor que lo dejemos para mañana —propuso Summer—. Demasiadas emociones para una sola noche.

Penny asintió con la cabeza, y ella y Shannon se trasladaron a sus respectivas camas.

—¿Recordáis el festín de medianoche que se celebró en el dormitorio de Olivia Chandler? —preguntó—. Estábamos sentadas en la oscuridad y no hacíamos ruido, pero la señora Bloomfield irrumpió en la habitación de repente. ¡Y es que el olor de la comida había llegado hasta ella, que se encontraba en el rellano de la escalera!

Penny y Summer no podían parar de reírse, tanto se reían que Penny tuvo que hundir la cara en su almohada. Pronto se quedó adormilada. Sentía una presencia suave cerca de los pies. Era Velvet, que dormía profundamente a su lado.

Penny cerró los ojos.

—Mañana por la mañana continuamos la lectura —oyó susurrar a Summer justo antes de que la venciera el sueño.

—No viste la expresión en el rostro de la señorita Arnold al ver mi vasija de arcilla. ¡Nunca he visto a nadie que tuviera que hacer tanto esfuerzo para no echarse a reír! —comentó Shannon en el comedor. Acababan de salir de la clase de Arte.

—La verdad es que *tenía* una forma muy rara —opinó Summer.

—¿Te refieres a que no se parecía en nada a una vasija de arcilla? —dijo Shannon entre risas—. ¡Estoy segura de que alguien manipuló el torno antes de usarlo yo!

—¿Nos sentamos en la terraza? —preguntó Penny—. Hace un día muy agradable.

Las tres amigas salieron a la terraza, pero casi todas las mesas estaban ocupadas.

—Estuve hablando con la señorita Arnold sobre la decoración para la fiesta de la noche de brujas —Shannon cambió de tema—. Y dijo que podíamos hacer calabazas de arcilla en nuestra clase de Arte, podemos pintarlas de naranja para que parezcan calabazas de verdad, las vaciamos y las iluminamos por dentro con velas.

—¡Qué buena idea! —dijo Penny—. Mirad, allí hay una mesa libre.

Las tres amigas se apresuraron a ocuparla.

—Aunque la gente suele tirar las calabazas una vez que ha pasado la noche de brujas, nosotras podremos conservarlas si las hacemos de arcilla y utilizarlas el año que viene de nuevo —agregó Shannon—. Oí decir a la señorita Arnold que lo que no puede faltar en la noche de brujas son las calabazas.

En ese mismo instante, fueron testigos de cómo Abigail Carter se abría paso con su bandeja, a empujones entre sus compañeras, para llegar primera a la mesa que se encontraba vacía. Se sentó y sonrió triunfal.

—¡Abigail, eso no es justo! —gritó Shannon, indignada—. Sabías que nos íbamos a sentar aquí.

Abigail sonrió burlona.

—Pues, unas veces se pierde y otras se gana. Y esta vez yo he sido la ganadora, ¡por eso me quedaré con la mesa! ¡Lo siento!

—Mirad, se queda otra mesa libre —dijo Penny, y Shannon fulminó a Abigail con la mirada.

Las tres amigas se apresuraron a llegar a la mesa libre en el otro extremo de la terraza.

—¿Sabéis? Será mejor que pensemos en nuestros disfraces para la fiesta —dijo Penny—. Hemos estado tan concentradas en el trabajo de Historia que no tenemos pensado nada todavía.

—Además tenemos que continuar con la lectura del diario de Estelle —dijo Summer—. Tal vez tengamos tiempo de hacerlo durante la hora de estudio.

—Me pregunto dónde escondería Estelle el Ojo del Cielo. ¿Creéis que su encantamiento aún protege al internado?, ¿y al pueblo? —reflexionó Penny.

Shannon seguía con la mirada clavada en Abigail, a quien se le había unido su compañera de cuarto, Mia.

—Allí está sucediendo algo muy extraño —dijo Shannon, intrigada—. ¡Parece que Abigail está muy contenta!

Penny y Summer se fijaron en ella, parecía muy animada y gesticulaba mucho al hablar. Mia solo asentía con la cabeza.

Después del almuerzo, las tres amigas fueron a buscar sus libros para las clases de la tarde y pasaron frente a la puerta del despacho de la señorita Linnet justo cuando la directora salía de allí.

—¡Hola, niñas! —saludó—. Me dirigía a la sala de profesores, pero en realidad necesito hablar con vosotras con bastante urgencia. ¿Por qué no pasáis a mi despacho?

—¿Habrá descubierto que Velvet vive en nuestra habitación? —susurró Shannon a Penny y a Summer.

Penny se mordió el labio temiendo que así fuera. De haberlo descubierto, la señorita Linnet no estaría muy contenta. Las tres amigas entraron una detrás de otra y en silencio.

—Niñas, conozco a alguien que podría ayudaros con vuestro trabajo —habló la señorita Linnet, y Penny dejó escapar un suspiro de alivio—. Esta persona es la señora Brightman. Ella vive muy cerca, en el pueblo. Ahora está jubilada, pero trabajó en Charm Hall como maestra durante algunos años.

—¡Fantástico, señorita Linnet! —exclamó Penny con entusiasmo.

—Hablé con la señora Brightman, y me afirmó que estaría encantada de conoceros —continuó la señorita Linnet—. Ya he hablado con Sam, os llevará a su casa hoy después de las clases. Os esperará en la puerta principal, en el autocar. Podéis aprovechar la hora de estudio para hacer la visita, y este tiempo podréis recuperarlo más tarde, antes de la cena.

—Oh, eso significa que no podré escribirle un correo electrónico a mis padres —se quejó Penny cuando se dio cuenta de que no estaría de regreso antes del cierre de la sala de ordenadores—. Y hoy es el cumpleaños de mi madre.

—Entonces, tienes mi permiso para estar en la sala de ordenadores cuando regreses durante veinte minutos, aunque estés fuera de horario, Penny. ¡Pero solo durante veinte minutos!

—Gracias, señorita Linnet.

—Entonces, el diario tendrá que esperar hasta que regresemos —dijo Summer.

—Hablando de nuestro proyecto —dijo Shannon, y miró el reloj—, ¿no será mejor que nos demos prisa? Llegaremos tarde a Historia.

Las tres amigas echaron a correr. Llegaron apenas unos segundos antes que la señora Stockbridge.

Penny vio que Abigail se había sentado por fin en su sitio, en el otro extremo del aula. Lo que fuera que había estado tramando parecía haber terminado.

—Niñas, hoy os daré algo de tiempo libre para que trabajéis en vuestros proyectos —anunció la señora Stockbridge—. Por favor, sentaos en grupos. Yo pasaré por las mesas y resolveré vuestras dudas.

—Tendría que haber traído el diario —dijo Summer frunciendo el entrecejo.

—No importa, tenemos muchísimo con lo que trabajar mientras tanto —sugirió Shannon, y cogió su cuaderno—. ¿Por qué no anotamos todo lo que hemos ido descubriendo sobre la familia Charm Hall?

—Me parece buena idea —coincidió Penny.

Las tres amigas estaban hablando sobre Estelle Charm cuando la señora Stockbridge se les acercó.

—Veo que estáis muy ocupadas. ¿Cómo vais?

—Encontramos información sobre Estelle, de la familia de Lavinia Charm —contestó Shannon—. Además, hemos descubierto el Ojo del Cielo.

—¿El Ojo del Cielo? —repitió la señora Stockbridge con una sonrisa— ¿Qué es?

—Cuenta la leyenda que es un zafiro mágico —intervino Summer—. Perteneció a la familia Charm, pero nadie lo ha visto en *años*. ¡Creemos que Estelle lo escondió!

—La señorita Linnet nos ha organizado una excursión al pueblo para que visitemos a la señora Brightman. Sabemos que ella fue maestra en este internado —agregó Penny—. Esperamos que nos pueda contar algo sobre el zafiro.

—¡Me parece un proyecto muy interesante y estáis trabajando muy bien, niñas! —celebró la señora Stockbridge—. ¿Dónde encontrasteis toda esta información?

—En internet —respondió Shannon.

—Pues, espero que hayáis tomado nota de todas las web que habéis visitado —dijo la maestra mientras dirigía a Shannon una mirada inquisitiva—. Cuando se hace un trabajo de investigación, es muy importante registrar todas las fuentes.

El rostro de Shannon cambió de repente. Penny podía adivinar lo que pensaba su amiga: no podrían contarle a la señora Stockbridge nada sobre la principal fuente consultada ya que había sido obra de la magia de Velvet.

—Nosotras, ejem..., no recordamos la dirección de la web, señora Stockbridge —dijo Penny. —Una mueca de irritación se dibujó en el rostro de la maestra—. Pero así lo haremos a partir de ahora.

—Además, tenemos más material para nuestro trabajo de investigación —añadió Summer.

La señora Stockbridge alzó las cejas. Parecía intrigada. Penny supuso que Summer se refería al diario y que se disponía a hablar sobre él cuando, Olivia Chandler, que se sentaba junto a la puerta, dejó escapar un chillido.

—¡Oh, mirad! ¡Un gatito!

Penny se giró. Apenas podía creer lo que sus ojos veían: a Velvet entrando sigilosamente en el aula, ronroneando.

La gatita se subió a la mesa de la maestra.

—¡Ay! —exclamó la señora Stockbridge—. Y *tú*, ¿de dónde has salido, gatito?

—Creo que pertenece a la granja —dijo Shannon al tiempo que miraba a Penny y a

Summer asustada—. A veces merodea por el jardín de la escuela.

—¡Oh! ¡Es tan linda! —exclamó Penny Harris, y todas empezaron a hacerle mimos y a acariciarla. Hubo incluso quien se levantó de su asiento para poder verla mejor.

—Estoy segura de que he visto antes a esta gata —murmuró Abigail.

Penny, que pudo oír a Abigail, se dio cuenta en seguida de que debía sacar a Velvet del aula antes de que comenzara a hacer preguntas incómodas.

—Sí, es muy bonita, ¡pero no tiene nada que hacer en mi clase de Historia! —dijo la señora Stockbridge con firmeza al tiempo que se disponía a cogerla.

La maestra se acercó a Velvet, que se bajó del escritorio y salió disparada del aula.

Penny frunció el ceño. Velvet nunca se había dejado ver en ninguna de las clases. ¿Por qué había aparecido de repente en su clase de Historia, a la vista de todo el mundo? Seguro que significaba algo.

Penny miró a Shannon y a Summer.

—¡No mencionéis el diario de Estelle! —les susurró—. ¡Creo que Velvet estaba tratando de impedir que le informáramos a la señora Stockbridge de nuestro descubrimiento!

# Capítulo seis

Shannon y Summer se quedaron mirando a Penny, sorprendidas. Pero antes de que pudieran seguir hablando, la señora Stockbridge se les acercó.

—Antes de esta breve interrupción, ibais a contarme más acerca de vuestro proyecto de investigación —dijo la maestra, y miró a Summer— ¿Qué me decías, Summer?

Penny miró a Summer. ¿Cómo saldría de esta?

—Lo siento, señora Stockbridge —contestó Summer—. ¡Me olvidé por completo de lo que iba a decirle!

La maestra se encogió de hombros.

—Bueno, tal vez lo recuerdes más tarde —dijo con una sonrisa—. Si es así, avísame.

—¡Muy bien hecho, Summer! —le susurró Penny a su amiga mientras la señora Stockbridge se dirigía a la mesa del grupo siguiente—. ¡Creo que no sospecha nada!

—Eso espero —susurró Summer, nerviosa—. Por algún motivo, Velvet no quiere que la señora Stockbridge conozca la existencia del diario de Estelle. Aunque no sabemos por qué.

—Tal vez tengamos que terminar de leerlo para descubrirlo —sugirió Shannon.

—Lo haremos cuando estemos de vuelta en el internado después de visitar a la señora Brightman —dijo Penny.

Al terminar las clases de la tarde, las tres amigas se dirigieron sin entretenerse a la salida. Allí las esperaba Sam.

—Ya estáis aquí —dijo—. Será mejor que nos apresuremos. La señora Brightman os está esperando. Es una anciana muy agradable y no querríamos hacerla esperar, ¿verdad?

—¿La conoce? —preguntó Shannon, y subió al autocar.

Sam asintió con la cabeza.

—Viví toda mi vida en el pueblo —contó mientras conducía a través del largo sendero arbolado—. Recuerdo cuando la señora Brightman trabajaba en Charm Hall. Ella y su esposo viven en la parte antigua del pueblo.

—¿Dónde termina la parte antigua y dónde comienza la parte nueva? —preguntó Penny con curiosidad.

Dejaron atrás el sendero que conducía a la escuela y ahora pasaban frente a la tienda donde las niñas solían comprar la comida para Velvet.

—Pues, vamos a pasar en seguida por el centro del pueblo —dijo Sam. Llegaron al parque central, y el conductor señaló por la ventana—. Esta es la parte *antigua* del pueblo. Veis las casitas con los techos de paja que rodean el parque—. La parte *nueva* comienza a partir de aquel enorme y antiguo roble.

Más allá del parque un majestuoso roble, mecido por el viento, anunciaba la llegada del otoño.

—Ese árbol marca el límite —dijo Sam.

A lo lejos se podían ver edificios modernos y la zona comercial de la parte nueva. Sam rodeó el parque y siguió conduciendo por un sinuoso camino de admirable belleza flanqueado por más casitas.

—Esa es la casa de la señora Brightman, la de las cortinas azules —anunció Sam, y miró el reloj—. Regresaré a buscaros en una hora.

Las tres amigas bajaron del autocar muy animadas.

La señora Brightman abrió la puerta con una sonrisa amable dibujada en el rostro. Tenía el cabello blanco y se apoyaba en un bastón.

—Así que ¡vosotras sois Penny, Summer y Shannon! —exclamó—. ¿Y quién es quién?

Las tres amigas se presentaron.

—Pasad —las invitó la señora Brightman—. He preparado té ¡y un delicioso pastel de frutas que está esperando que alguien se lo coma!

—¡Oh, genial! —dijo Shannon, contenta.

Se acomodaron en la sala de estar alrededor de una pequeña mesita sobre la que había dispuesto cuidadosamente tazas de té y generosas porciones de pastel.

—La señorita Linnet me ha comentado que estáis haciendo un trabajo para Historia sobre Charm Hall —dijo la señora Brightman. Sus ojos azules brillaban—. Ella cree que puedo ayudaros.

—¡Sería estupendo! —dijo Penny al tiempo que sacaba de su bolsa su cuaderno de notas—. ¿Puede decirnos algo sobre Lavinia Charm? ¿Es verdad que en su familia había brujas?

La anciana sonrió.

—Conocí a Lavinia en el internado. Yo era alumna de Charm Hall y más tarde fui maestra de la escuela. Era una persona muy especial.

—¿En qué sentido? —preguntó Shannon.

—Lavinia siempre parecía estar enterada de todo lo que sucedía en la escuela, incluso cuando no se encontraba allí —explicó la señora Brightman—. Todas sabíamos que no importaba lo que hicieras o lo que quisieras mantener en secreto, que la señorita Charm de algún modo se enteraría. ¡No importaba si eras alumna o maestra!

—Por supuesto, en mis años de estudiante, ¡mis amigas y yo solíamos pensar que Lavinia era una bruja! —continuó la señora Brightman en un tono animado—. Habíamos oído rumores acerca de que las mujeres Charm tenían poderes mágicos. Pero con los años me di cuenta de que solo eran habladurías.

—Entonces, ¿nunca sucedió nada extraño, no sé, algo mágico, mientras usted estuvo en la escuela? —preguntó Summer.

La señora Brightman frunció el entrecejo.

—Sí sucedió algo bastante fuera de lo común, ¡pero tuvo más que ver con la suerte que con la magia! —respondió—. Fue durante la Segunda Guerra Mundial. Yo aún era alumna en la escuela. La mansión se utilizaba como refugio para los evacuados de Londres. —Sus ojos adoptaron una expresión lejana—. Una noche nos sobrevoló un avión enemigo. Creímos que tal vez se había perdido, ya que nunca habíamos sido blanco de bombardeos. Pero ese avión dejó caer bombas sobre la zona. Todavía recuerdo... —su voz se fue apagando.

—¿Qué sucedió? —preguntó Penny.

—Milagrosamente, ninguna de las bombas cayó en la escuela —dijo la señora Brightman al tiempo que sacudía la cabeza, todavía impresionada—. No hubo heridos. ¡Imagino que tuvimos suerte!

«¡O fue Estelle quien los protegió con su magia!», pensó Penny.

—Tengo algunas fotografías de esa época. Tal vez os interese verlas —continuó la señora Brightman mientras les mostraba un álbum encuadernado en terciopelo rojo.

Las tres amigas se acercaron más, emocionadas por el relato.

—Estas son fotografías de mi clase —dijo la señora Brightman pasando las páginas del álbum lentamente.

En una de ellas, aparecían unas niñas y a sus pies un gato negro. En la siguiente, volvía a aparecer el gato. En esta ocasión, sobre el tocón de un árbol observando a un grupo de niñas que jugaban al tenis. El gato era igualito a Velvet, hasta llevaba un collar de terciopelo rojo alrededor del cuello.

—¿Es el mismo gato que aparece en el retrato de Lavinia Charm? —preguntó Penny.

La señora Brightman asintió con la cabeza.

—Es la gata de Lavinia, Jewel —explicó—. Era una gata adorable y la mascota de la escuela. Recuerdo que le encantaba pasear sola, ¡solía aparecer en los lugares más insólitos!

Penny le dirigió una sonrisa de complicidad a sus amigas. Podía adivinar lo que estaban pensando: «¡Igual que Velvet!».

—Señora Brightman, ¿sabe algo sobre Estelle Charm o sobre el Ojo del Cielo? —preguntó Summer.

—No sé mucho sobre ella —respondió la señora Brightman—, excepto que Lavinia descendía de su hermano menor, James. En cuanto al Ojo del Cielo, sí oí hablar de él. —Frunció el ceño y continuó—: Nadie sabe dónde está, ¡pero creo que mucha gente se alegraría si lo encontrara! Mientras fui maestra en la escuela, hubo varios intentos de robo. Incluso llegaron a entrar en la escuela, pero nunca se llevaron nada. Lavinia estaba segura de que los ladrones buscaban el Ojo del Cielo.

Justo en ese momento, sonó el timbre de la puerta.

—Ese debe de ser Sam —dijo la señora Brightman, y cerró el álbum de fotos—. Niñas, ¡he pasado un rato muy agradable hablando con vosotras! Nadie ha manifestado tanto interés en la historia de Charm Hall desde la pequeña Susan Chadwell, una antigua alumna mía. Estaba realmente fascinada por el misterio que envolvía al Ojo del Cielo.

—Gracias por su tiempo, señora Brightman. La avisaremos si averiguamos algo más —le prometió Summer.

Sam las esperaba fuera.

—Apenas tengo tiempo para escribir un correo electrónico a mi madre antes de la cena —dijo Penny—. Os veré en el comedor.

—De acuerdo —contestó Shannon.

Summer sonrió.

—¡No leeremos el diario de Estelle sin ti!

Mientras se dirigía a la sala de ordenadores, Penny no pudo dejar de pensar en la conversación con la señora Brightman. Había quien creía que el Ojo del Cielo estaba escondido en Charm Hall, razón por la cual habían intentado entrar a robar en diversas ocasiones. «Estelle pudo haberlo escondido en cualquier parte...», pensó Penny.

La puerta de la sala de ordenadores estaba cerrada. Penny supuso que habían cerrado el aula después de las clases y se desanimó. No obstante, giró el pomo y, para su sorpresa, la puerta se abrió.

La señora Stockbridge estaba sentada en uno de los escritorios, tan concentrada que ni siquiera desvió la mirada del monitor cuando Penny entró. Estaba consultando una web en la que había encontrado información sobre Charm Hall, la misma que ella y sus amigas habían visitado el día anterior.

De repente, la señora Stockbridge advirtió que alguien más estaba en la sala y se giró.

—Ah, Penny, ¡eres tú!

—Lamento haberla molestado, señora Stockbridge —dijo Penny.

—No te preocupes —respondió, y se apresuró a apagar el ordenador—. Pero, Penny, me temo que ya no se pueden usar los ordenadores, la sala permanecerá cerrada hasta mañana.

—La señorita Linnet me dio permiso para enviarle un correo electrónico a mi madre. Es su cumpleaños —explicó Penny.

—De acuerdo —dijo la señora Stockbridge con una sonrisa—. Entonces, me marcharé para que puedas hacerlo tranquilamente. Pero no llegues tarde a la cena. —Y abandonó la sala.

Con el ceño fruncido y la mirada perdida, Penny se quedó pensativa. ¿Por qué le interesaría a la señora Stockbridge buscar en internet información sobre Charm Hall? ¿Y por qué parecía esconder algún secreto?

# Capítulo siete

—Tal vez la señora Stockbridge intentaba ayudarnos en nuestro trabajo —dijo Summer, pensativa.

Penny envió un breve correo electrónico a sus padres y luego se unió a Shannon y a Summer en el comedor. Mientras cenaban les contó que había notado a la maestra muy rara.

—Puede ser... —dijo Penny— que quisiera ayudarnos. Es verdad que dijo que era importante que tomáramos nota de todo.

—Sí, pero ¿por qué le inquietó que entraras en la sala? —preguntó Shannon—. Quizá esté entusiasmada con nuestro proyecto.

—Será mejor que en el futuro nos aseguremos de tomar nota de las fuentes —dijo Penny.

—Y ahora, lo mejor será que empecemos a trabajar en nuestros disfraces —agregó Shannon al tiempo que apartaba su plato vacío—. Si no, no tendremos qué ponernos en la fiesta de la noche de brujas.

—Creo que ya es hora de que leamos un poco más del diario de Estelle —propuso Summer a sus amigas el viernes por la noche mientras cenaban. Había pasado una semana—. Hemos trabajado tanto en los disfraces estos últimos días que no hemos tenido tiempo de hacerlo.

—¿Por qué no vamos ahora a la biblioteca y lo leemos allí? —sugirió Penny—. Podríamos usar el diccionario si lo necesitáramos para comprender las palabras antiguas.

—¡Me parece bien! —coincidieron Summer y Shannon.

Summer fue a buscar el diario mientras Penny y Shannon buscaban sitio en la biblioteca. La sala era grande y amplia, las paredes estaban cubiertas de estanterías repletas de libros y había filas de escritorios y sillas, así como también grandes sillones de piel que resultaban perfectos para acomodarse con un buen libro.

—¡Qué bien! No hay nadie —celebró Shannon, y cogió un diccionario. De repente, estalló en una carcajada—. ¡Pues estaba equivocada! ¡*Claro que* hay alguien!

Penny estaba desconcertada: no veía a nadie. Con curiosidad, se acercó a Shannon y entonces pudo ver a Velvet, acurrucada en una de las sillas.

—¡Hola, Velvet! —Penny sonrió y la acarició.

—Aquí está el diccionario —dijo Shannon.

Se sentaron a esperar a Summer. Velvet se les acercó y de un salto subió al escritorio. En seguida llegó Summer con el diario bajo el brazo. Entró y cerró la puerta tras de sí.

—Creo que habíamos llegado hasta esta página —dijo Summer, y abrió el diario.

—«Hoy James ha tenido un golpe de suerte» —leyó Summer—. «Se cayó en la laguna del pueblo ¡y casi se ahoga! El muy tonto estaba cazando renacuajos y cayó dentro. No sabe nadar y no había nadie cerca que le escuchara pedir auxilio. Afortunadamente, Tom Merry, el herrero, pasó por allí poco tiempo después y lo ayudó. Lo trajo a casa y lo metimos en la cama de inmediato. Todavía está temblando. Esperamos que no enferme».

—«Prepararé una poción medicinal de agrimonia y bergamota» —siguió leyendo Summer—, «para protegerlo de la fiebre. ¡No podríamos soportar la perdida de nuestro querido y travieso James!».

—La agrimonia es una planta y la bergamota es una variedad de lima o de pera... —dijo Shannon, que no apartaba la vista del diccionario.

—Mirad, más remedios caseros —dijo Summer pasando las páginas del diario.

—«Cómo curar una rotura de huesos» —leyó Penny en voz alta.

—«Cómo curar granos y forúnculos... Un hechizo para ahuyentar pulgas».

Las niñas estallaron en una carcajada.

—Aquí parece que empieza otra sección del diario —dijo Summer y pasó a la página siguiente—. ¡Ah, es sobre la fiesta de compromiso de Eliza!

—Léelo, Summer —la instó Shannon, y cerró el diccionario.

—«Esta noche celebraremos una fiesta, ¡pues Eliza se casa con el capitán Benedict! La casa está decorada con flores y el cocinero estuvo ocupado todo el día. Se servirá una cena especial. Eliza está muy emocionada porque esta noche, en la fiesta, podrá lucir el Ojo del Cielo, lo llevará por primera vez». —Summer frunció el ceño—. Mirad, aquí se interrumpe el texto, hay un espacio en blanco. Y comienza más abajo.

—Y su letra cambia —dijo Penny, desconcertada.

Summer comenzó a leer en voz alta.

—«Todo se desarrollaba con normalidad, pero justo antes de comenzar el baile, alguien llamó a la puerta. Eran los habitantes del pueblo, querían expresar su preocupación por la terrible tormenta que amenazaba con arruinar sus cultivos. Hice un encantamiento de protección, encantamiento que yace en las profundidades del Ojo del Cielo, que escondí cuidadosamente en la casa. Ahora, necesito descansar, el hechizo me ha dejado agotada...».

Summer se detuvo.

—¡No se puede leer lo que sigue! —exclamó.

—Déjame ver —dijo Shannon, y ella y Penny se inclinaron sobre el diario. Summer tenía razón. Las palabras eran ilegibles.

Velvet se acercó como adivinando lo que sucedía.

—¡Es imposible de descifrar! —dijo Shannon.

De repente, un destello dorado llamó la atención de las tres amigas. Emocionadas, descubrieron que los bigotes de Velvet volvían a brillar. Las chispas doradas parecían caer desde los bigotes de la gata hasta la página del diario de Estelle y las palabras que no habían podido leer, ahora, brillaban.

—¡Es la magia de Velvet! —exclamó Summer.

Las tres amigas observaron con entusiasmo cómo el texto se hacía cada vez más legible hasta que las palabras aparecieron iluminadas.

—«El Ojo del Cielo pertenece a la bestia que no puede ver» —leyó Shannon en voz alta.

—Estelle escondió el Ojo del Cielo en alguna parte de Charm Hall, y quiso dejar una pista sobre su escondite —dijo Summer.

—Pero ¿qué querría decir con «La bestia que no puede ver»? —murmuró Penny.

—¿Quién es «la bestia que no puede ver»?

Shannon y Summer estaban igual de intrigadas.

—Tal vez esté en clave —sugirió Shannon.

Summer abrió la boca para decir algo, y en ese mismo momento Velvet, de un salto, se arrojó desde el escritorio y se dirigió hacia la puerta de la biblioteca, que estaba entreabierta.

Penny frunció el ceño. Recordaba que Summer la había cerrado al entrar. ¿Por qué estaba abierta ahora? Intrigada, Penny siguió a Velvet hasta la puerta, desde donde pudo oír ruido de pasos que se alejaban por el pasillo.

# Capítulo ocho

Penny abrió la puerta de par en par y se asomó al pasillo. No veía a nadie, pero alguien había pasado por allí.

—¿Qué pasa, Penny? —preguntó Shannon. Ella y Summer seguían concentradas en el diario.

—Creo que alguien ha estado escuchando nuestra conversación —dijo Penny malhumorada—. La puerta estaba abierta.

—Yo estoy segura de haberla cerrado al entrar —dijo Summer preocupada.

—¿Has podido ver a alguien, Penny? —preguntó Shannon.

Penny negó con la cabeza.

—El pasillo está demasiado oscuro, y al oír que me acercaba han debido de echar a correr.

—Tal vez fuera *nuestra sombra* —sugirió Shannon.

—¿Abigail? —Penny hizo una mueca de burla—. Pero si ya había dejado de seguirnos.

Shannon no estaba del todo convencida.

—¿Quién más podría haber sido? —preguntó—. ¿Creéis que quienquiera que sea habrá escuchado algo sobre el zafiro?

—¡Espero que no! —dijo Penny.

—Además, no creo que supiera de qué estábamos hablando —dijo Summer.

Penny repasó su conversación mientras Velvet permanecía tranquila a sus pies. Summer tenía razón: si Abigail había oído algo, no tendría idea de quién era Estelle o de qué podía ser el Ojo del Cielo.

—Creo que deberíamos comprometernos a no hablar sobre el diario en público —dijo Summer en tono serio—. Si el Ojo del Cielo está escondido en alguna parte de Charm Hall, no queremos que nadie lo sepa, ¿verdad?

Penny negó con la cabeza y se inclinó para acariciar a Velvet.

—¿Recordáis lo que dijo la señora Brightman? —preguntó—. Dijo que en varias ocasiones habían intentado entrar en el internado para robar el zafiro. ¡Y no queremos que ocurra otra vez!

—¡Nos aseguraremos de que el Ojo del Cielo no sale de aquí! —dijo Shannon—. Porque este era el deseo de Estelle, que permaneciera en la escuela.

—¿Por qué decidiría disfrazarme de hombre lobo? —gimoteó Penny mientras se dirigía con Shannon hacia la reunión de su grupo de trabajo para la fiesta de la noche de brujas—. ¡Estoy harta de este disfraz!

Las niñas habían dedicado la mañana a trabajar en sus disfraces para la fiesta. Era sábado y apenas faltaba una semana para la noche de brujas.

—¿Y yo qué? —rio Shannon—. ¡Aún tengo que encontrar la manera de ponerme un tornillo falso en el cuello para parecerme algo a Frankenstein!

—La mejor idea la tuvo Summer con su disfraz de Drácula —dijo Penny entre risas—. ¡Todo lo que necesita es comprar un par de colmillos y un poco de sangre de mentira! Terminará su capa hoy, después de la clase de gimnasia.

—No importa cuánto tiempo nos lleven nuestros disfraces, merecerá la pena —dijo Shannon con convicción—. Sobre todo porque disfrazadas podemos ir a pedir dulces.

Penny sonrió. La señorita Linnet había anunciado que, además de haber un premio para el mejor disfraz, podrían ir a pedir dulces al pueblo antes de la fiesta.

De repente, Shannon bajó la voz y empezó a caminar más despacio.

—*Creíamos* que Abigail había dejado de seguirnos... —dijo al tiempo que miraba por encima de su hombro— ...pero, ¿no tienes la sensación a veces de que alguien nos espía?

—Sí —coincidió Penny—. Será que estamos nerviosas por lo que sucedió anoche en la biblioteca.

Shannon asintió con la cabeza, pero antes de que pudiera decir algo, escuchó la voz de la señora Stockbridge que venía del final del pasillo. Llevaba tres rollos grandes de papel crepé negro.

—Hola, niñas —dijo—. Mirad lo que tengo.

—¡Me servirá para el sombrero de mi disfraz! —dijo Shannon con entusiasmo.

La señora Stockbridge asintió con la cabeza.

—¡Solo espero que haya suficiente para todas! —dijo entre risas, y entró en el aula donde tendría lugar la reunión—. ¡La mitad de las alumnas de la escuela se disfrazarán de brujas! Hablando de brujas, ¿cómo va vuestro trabajo acerca de las brujas de Charm?

Las tres amigas no tuvieron tiempo de responder porque la señorita Linnet entró en ese momento y dio comienzo a la reunión. Se acordó el menú de la fiesta y se discutieron los materiales que se necesitarían para la decoración.

—¡Todo está saliendo bien, gracias a todas vosotras! —dijo la señorita Linnet para concluir la reunión—. La señora Stockbridge y la señorita Collins se han ofrecido muy amablemente a acompañaros al pueblo para comprar las últimas cosas que hagan falta. Por favor, estad todas preparadas en el vestíbulo para salir en diez minutos.

Un cuarto de hora más tarde, Penny y sus amigas subían al autocar.

—¡Qué raro! —le susurró Shannon a Penny—. ¿Dónde está Abigail? ¡No me digas que no ha querido venir!

Mia estaba sentada detrás de ellas, pero Abigail no parecía ocupar ningún asiento.

—Es extraño, ¿verdad? —dijo Penny con el ceño fruncido—. ¡Si hubiera venido se hubiera hecho con el asiento contiguo al de la señora Stockbridge!

—¡Sí, y ahora estaría dando órdenes a todo el mundo y hablando a gritos! —agregó Shannon, y miró hacia atrás—. ¡Oye, Mia!, ¿dónde está Abigail?

—Ah, está muy ocupada —respondió Mia—. Se ha quedado en la habitación.

—Me pregunto qué estará tramando —susurró Shannon.

Cuando el autocar atravesó la parte antigua del pueblo, Penny pudo ver de nuevo el roble y recordó lo que había dicho Sam sobre él: marcaba el límite entre la parte vieja y la parte nueva del pueblo. La parte nueva no existía en la época de Estelle Charm, por lo que nunca necesitó de la protección del Ojo del Cielo como la escuela y la parte antigua.

Llegaron por fin a la zona comercial. Pasaron por la frutería para hacer un pedido de calabazas y entraron después en la tienda de artesanía. Al salir, cargadas de bolsas, les sorprendió la lluvia.

—¡Vaya! —exclamó la señora Stockbridge con el ceño fruncido—. Si aún no hemos terminado, quedan algunas cosas que comprar. Señorita Collins, ¿por qué no va con las niñas a la ferretería? Yo puedo pasar por mi casa para coger algún paraguas, vivo en la calle siguiente —explicó, y miró a Shannon y a Penny—: vosotras podéis venir conmigo.

Penny y Shannon siguieron a la señora Stockbridge por una calle que salía de la calle principal y conducía a una pequeña y moderna urbanización. Se pudieron proteger de la lluvia en los soportales del edificio mientras esperaban que la maestra encontrara la llave de su casa. De repente, se abrió la puerta.

—¡Oh, gracias, Graham! —dijo agradecida la señora Stockbridge—. Niñas, Graham es mi marido.

Penny y Shannon sonrieron cortésmente. El hombre, alto y de cabello claro las invitó a pasar.

—Te presento a Penny y a Shannon. Son alumnas de Charm Hall, mis alumnas —explicó la señora Stockbridge mientras revolvía entre las cosas que guardaba debajo de la escalera en un pequeño armario empotrado—. Hemos venido al pueblo para comprar las últimas cosas para la fiesta de la noche de brujas.

—Encantado de conoceros —dijo el señor Stockbridge con una sonrisa.

—¿Sabéis? A Graham le interesan mucho los edificios antiguos —explicó la señora Stockbridge, saliendo del armario con tres paraguas en la mano—. Le encantaría conocer lo que habéis descubierto sobre Charm Hall. ¿Cómo va vuestra investigación? Sabéis que debéis entregar el trabajo el lunes, ¿verdad?

—Lo tenemos casi terminado, señora Stockbridge —respondió Shannon.

—Por supuesto, querré tener información sobre las fuentes que habéis utilizado —agregó la maestra.

Penny y Shannon intercambiaron miradas.

—Así será, señora Stockbridge —le aseguró Penny.

«Aunque no podremos contarle nada sobre el diario de Estelle», pensó para sus adentros.

—¡Niñas! ¡Silencio, *por favor*! —exigió la señora Stockbridge.

Era lunes y estaban en la clase de Historia.

—No creo que sea necesario que hagáis tanto ruido —continuó la maestra—. Imagino que habéis terminado vuestros trabajos; no deberíais tener mucho más que discutir.

La clase se quedó en silencio. Penny estaba concentrada en las notas de su cuaderno y comprobando que tenían todo en orden. Shannon seguía trabajando con las fotografías que habían tomado de Charm Hall, y Summer tomaba las últimas decisiones sobre el diseño de la portada.

—¿Cuál os gusta más? —preguntó Shannon al tiempo que les mostraba dos fotografías del exterior de la escuela—. He pensado que Summer podría pegar una de ellas en la portada.

—A mí me gusta esa —dijo Penny, señalando la de la izquierda.

—Sí, a mí también —coincidió Summer—. ¿Os gusta debajo del título?

Cuando quisieron darse cuenta, la señora Stockbridge ya estaba ante su mesa y tenía la mirada clavada en ellas.

—¡Niñas! ¿No habéis escuchado lo que acabo de decir? —preguntó muy seria—. He pedido silencio, y seguís hablando. Estáis castigadas. —Se dio media vuelta y se marchó.

Penny se quedó mirando a la maestra sin saber qué decir. ¡No podía creer que la señora Stockbridge hubiera sido tan injusta! Después de todo, no eran las únicas que estaban hablando y además lo hacían sobre su trabajo. Miró a Shannon y a Summer, que estaban igual de perplejas.

Sonó el timbre y cada uno de los grupos hizo entrega de su trabajo a la señora Stockbridge. Penny, Summer y Shannon fueron las últimas.

—Id al aula 11B después de las clases —ordenó la señora Stockbridge sin siquiera levantar la vista de los trabajos que estaba calificando—. Estáis castigadas a permaneced allí durante una hora.

—¡Vaya! —estalló Shannon una vez fuera del aula. ¿Qué bicho la ha picado? ¡No creía que fuera tan severa!

—Yo tampoco —coincidió Penny mientras se dirigían hacia las escaleras—. ¡No puedo creer que nos haya castigado!

Summer frunció el ceño.

—Parecía tan simpática y amable —agregó.

Abigail y Mia conversaban en el pasillo cuando las niñas pasaron por allí.

—Disfrutad vuestro castigo, chicas —dijo Abigail burlona.

Penny la ignoró. Ni siquiera Shannon quiso decirles nada. «¡Qué raro!», pensó Penny.

Al terminar las clases, las tres amigas dejaron los libros en su dormitorio y luego se dirigieron, malhumoradas, al aula 11B. La maestra al cuidado del aula era la señora Stark.

—La señora Stockbridge está ocupada —les informó la señora Stark en un tono serio—, yo me ocuparé de vigilar que cumplís con vuestro castigo. Sugiero que aprovechéis el tiempo. Si queréis, una de vosotras puede ir a por los libros de Matemáticas.

—Yo voy —se ofreció Penny.

Subió las escaleras a toda velocidad. No quería tardar e inquietar a la maestra. Al entrar en su habitación, percibió algo extraño. Parecía distinta.

«¡Alguien ha estado cambiando las cosas de sitio!», pensó Penny al ver que el portalápiz de su escritorio ahora estaba en el lado izquierdo en lugar de en el derecho, donde solía tenerlo. «¡Alguien ha entrado en nuestro cuarto!».

En seguida, Penny recordó el episodio de la biblioteca, alguien había estado espiándolas. Corrió hasta la mesita de noche de Summer y abrió el cajón donde debía estar el diario de Estelle Charm. Había desaparecido.

# Capítulo nueve

—¡Oh, no! —gritó Penny.

Se quedó de pie, estaba asustada, no dejaba de mirar el cajón vacío. En seguida se acordó de que la señora Stark la estaba esperando. No quiso perder más tiempo, cogió los libros de Matemáticas y salió del dormitorio a toda prisa.

Mientras bajaba las escaleras, una pregunta comenzó a resonar en su cabeza: «¿Habrá sido Abigail quien ha cogido el diario?».

De camino al aula 11B, pudo ver que en el aula contigua un grupo de compañeras jugaba al ajedrez. De repente, Penny se detuvo en seco: allí, en una de las mesas, estaban sentadas Abigail y Lauren Brown.

«¿Abigail está en el club de ajedrez?», se preguntó Penny. Sabía que las actividades del club empezaban al terminar las clases, por la tarde, por lo que Abigail no había podido tener tiempo de ir hasta su dormitorio y robar el diario. Penny frunció el ceño. Abigail *no podía* ser la ladrona. ¿Quién entonces?

—Ah, Penny, estábamos a punto de enviar a un equipo de rescate a por ti —dijo la señora Stark en cuanto vio que Penny entraba en el aula—. Vamos, a trabajar. Haced las sumas de la página treinta y siete, niñas.

Penny se mordió el labio y entregó a Summer y a Shannon sus libros de Matemáticas. Hasta que se terminara el castigo, no podía contarles lo que había sucedido.

Los siguientes cuarenta y cinco minutos fueron para Penny los más largos de su vida. Miraba el reloj sin parar, la señora Stark tuvo que llamarle la atención. Por fin la maestra les anunció que se podían ir. Penny se puso de pie de un salto y sin importarle lo que la señora Stark pudiera pensar, salió corriendo al pasillo y esperó con impaciencia que Shannon y Summer hicieran lo mismo.

—¡No está el diario! —exclamó.

Summer se puso pálida

—Me *preguntaba* qué habría sucedido —le dijo—. Estabas desesperada por salir de allí, Penny.

—¡Ha sido Abigail! —dijo Shannon con una expresión de furia—. Por eso nos ha estado siguiendo estos días. ¡Sabía que estaba tramando algo!

—Abigail está en el club de ajedrez —les explicó Penny en seguida—. No ha podido ser ella.

En ese instante, la señora Stockbridge aparecía en el pasillo. Entró al aula 11B sin siquiera mirarlas.

—Gracias por vigilar a las niñas —oyeron que le decía a la señora Stark—. Lo habría hecho yo misma, pero tenía muchas cosas que resolver.

—No te preocupes, Susan —respondió la señora Stark—. Me alegra poder ayudarte.

—¿Qué hacemos ahora? —preguntó Shannon—. Tenemos que recuperar el diario de Estelle, ¡pero no sabemos quién lo tiene!

Summer tenía la mirada perdida, intentaba pensar en algo.

—Vosotras, id a la habitación y buscad el diario, por si acaso, puede que lo haya dejado sobre la cama o en algún otro sitio... —dijo como si masticara las palabras.

—Y *tú*, ¿Adónde vas? —preguntó Penny.

—En seguida estaré con vosotras, pero antes debo ir a la biblioteca, tengo que comprobar... —dijo Summer, misteriosa, y se marchó sin dar más explicaciones.

Penny y Shannon, extrañadas, intercambiaron miradas y se encogieron de hombros. Hicieron lo que Summer les había dicho, pero no había señal del diario en ninguna parte. Estaban mirando debajo de la cama de Summer cuando esta irrumpió en la habitación con un libro en la mano.

—¡Ya sé quién ha cogido el diario! —exclamó.

—¿Abigail? —preguntó Shannon.

—No. ¡Susan Chadwell! —anunció Summer triunfal.

Penny y Shannon se quedaron mirando a Summer boquiabiertas.

—¿Quién? ¿La alumna de la que nos habló la señora Brightman?, ¿la niña que estaba muy interesada en el Ojo del Cielo? —preguntó Shannon, algo desconcertada—. Pero ¿qué tiene que ver ella con todo esto?

Summer abrió el libro que sostenía en la mano. Penny descubrió que se trataba de un anuario de Charm Hall, de la década de los setenta.

Summer pasó las páginas y se detuvo al encontrar las fotografías de antiguas alumnas.

—¡Mirad! —dijo señalando a una de las estudiantes.

Perpleja, Penny miró a la niña de cabellos oscuros y ojos verdes. Le resultaba vagamente familiar, pero no pudo adivinar por qué. De repente, la reconoció.

—¡No puedo creerlo! —exclamó Penny—. ¡Es la señora Stockbridge!

—¿Qué? —Shannon prestó más atención a la fotografía—. ¡*Es* la señora Stockbridge! —coincidió, sorprendida.

Summer asintió con la cabeza.

—La señora Stockbridge es Susan Chadwell.

Penny pensó que las piezas del rompecabezas ahora encajaban.

—¡Todo empieza a tener sentido! —dijo.

—Así es —coincidió Shannon—. ¡Susan Chadwell, conocida en la actualidad como Susan Stockbridge, *sigue* buscando el Ojo del Cielo después de todos estos años!

—Por eso se mostró tan interesada en nuestro proyecto —dijo Penny—. ¡Y por eso la vi en la sala de ordenadores buscando información sobre Charm Hall!

—Esto también explica por qué nos ha impuesto el castigo —señaló Summer—. ¡Necesitaba tiempo para poder ir a nuestro dormitorio y robar el diario!

—Apuesto a que ella es la persona que estuvo escuchando nuestra conversación tras la puerta de la biblioteca —agregó Shannon—. ¿Y qué hacemos ahora?

Las tres amigas permanecieron en silencio unos instantes.

—Tenemos que encontrar el zafiro y ponerlo a salvo de la señora Stockbridge —propuso Penny—. Si ella lo encuentra, la escuela y la parte antigua del pueblo perderán su protección.

—Al menos conocemos el mensaje secreto —recordó Summer—: «El Ojo del Cielo pertenece a la bestia que no puede ver».

—Sí, pero aún no sabemos qué significa —dijo Shannon con un suspiro—. ¿*Quién o qué* es la bestia?

—Tenemos que resolver el misterio lo antes posible. Ahora que la señora Stockbridge tiene el diario, puede descifrar el mensaje y encontrar el zafiro —concluyó Penny.

—¡Sigo sin poder creer que la señora Stockbridge haya hecho algo así! —dijo Shannon.

Las tres amigas salían del comedor. La presencia de la señora Stockbridge en la mesa de las maestras les había quitado el apetito.

—Creímos que era una buena persona —gruñó Summer—. ¡Y todo este tiempo simplemente ha esperado que nuestra investigación la llevara hasta el Ojo del Cielo!

—¡Espero que no resuelva el misterio antes que nosotras! —deseó Penny—. Oíd, ¿escucháis un ronroneo?

Las tres amigas dirigieron sus miradas hacia el lugar de donde provenía el ruido y allí estaba Velvet, quieta, sobre una de las gárgolas de piedra que adornaban la escalera, de ojos saltones, colmillos afilados y orejas prominentes.

—Velvet, ¿qué haces ahí? —dijo Shannon riendo—. ¡Anda, baja!

Velvet ronroneó más fuerte aún y comenzó a frotar su hocico contra las orejas de la gárgola.

Penny se quedó observándola con mucha atención.

«El Ojo del Cielo pertenece a la bestia que no puede ver...», recordó.

—¡Lo tengo! —Penny se giró hacia Summer y Shannon. Tenía el rostro encendido por la emoción—. Pensad en el acertijo, ¿podría «la bestia» ser una gárgola?

—¡Son monstruosas! —coincidió Shannon al tiempo que miraba la gárgola.

—Pero tienen ojos —señaló Summer.

—Tal vez encontremos en alguna parte una gárgola ciega. Hay muchas en toda la escuela.

—¡Dentro y en la fachada! —refunfuñó Shannon—. ¡Así que será mejor que no perdamos más tiempo!

—Empecemos por la fachada, cierran las puertas a las ocho —sugirió Summer—. Necesitaremos tu linterna, Shannon.

Velvet dejó escapar un maullido alegre y salió corriendo en dirección al dormitorio de las niñas donde se acomodó sobre la cama de Penny. Shannon fue en busca de su linterna.

Las niñas se aventuraron en la oscuridad para examinar todas las gárgolas. Comenzaron por las que se encontraban en la entrada de la escuela y después continuaron bordeando el edificio.

—Nada por aquí —informó Shannon—. Todas estas gárgolas pueden ver.

—Busquemos en los jardines —sugirió Summer—. Hay una fuente con una gran gárgola en el centro y otras más pequeñas alrededor.

Cuando dieron las ocho, las tres amigas ya habían recorrido los jardines y estaban congeladas por el viento helado que se había levantado, sin embargo, no habían encontrado ni una sola gárgola ciega.

—Al menos, sabemos que fuera no está. Quizá la encontremos dentro —dijo Penny—. ¿Seguimos buscando?

Shannon frunció el ceño.

—Será mejor que seamos discretas —señaló—. No queremos que la señora Stockbridge sepa qué estamos haciendo.

—Y si esperamos a que toda la escuela duerma para salir de la habitación y buscar tranquilamente —sugirió Penny.

Shannon sonrió y Summer asintió con la cabeza.

—¡Me parece un buen plan! —dijo Shannon.

—¿Estáis listas? —susurró Penny.

Se encontraba de pie junto a la puerta del dormitorio, en la oscuridad.

—¡Estamos listas! —susurró Summer, y Shannon agitó la linterna en el aire. Velvet maulló y salió tras las tres amigas.

Habían calculado todo minuciosamente y esperaron a que la señora Bloomfield hubiera hecho su última ronda nocturna.

Velvet avanzaba en silencio hacia las escaleras, y Penny, Shannon y Summer la seguían de puntillas. Ya habían mirado en las gárgolas que estaban en la escalera que llevaba a su habitación, pero cuando llegaron al final del primer tramo de escaleras, Velvet se detuvo. Su rabo se agitaba y tenía las orejas en punta. Sin perder un segundo, salió disparada en dirección al baño.

—¡Viene alguien! —susurró Shannon al oír pasos.

Las niñas siguieron a Velvet hasta el baño y se escondieron dentro.

La señora Bloomfield pasó de largo. Llevaba una taza en las manos.

—A estas horas tendría que haber terminado su ronda y estar en la cama —gruñó Shannon.

—Parece que solo necesitaba tomar algo caliente antes de dormir —dijo Summer—. ¡Espero que no abra la puerta de nuestro cuarto!

Tras unos instantes, Velvet salió del baño, eso significaba que ellas también podían salir. Recorrieron los pasillos, sigilosamente, con la linterna de Shannon, en busca de la gárgola ciega. También miraron en las aulas, pero no se atrevieron a encender las luces por temor a que alguien las descubriera.

—Tal vez la bestia no sea una gárgola —dijo Penny con un suspiro mientras se dirigían hacia la biblioteca. Velvet seguía junto a ellas.

—¡No podemos darnos por vencidas! —dijo Shannon—. Creo que hay gárgolas en la biblioteca. ¡Vamos!

Summer abrió la puerta de la biblioteca y Shannon apuntó con su linterna. Había una gárgola a cada lado de la chimenea, pero ambas tenían hermosos ojos grandes.

—Nada —dijo Shannon desilusionada —Sigamos.

Penny y Shannon iban a salir de la biblioteca cuando, de repente, Summer exclamó:

—¡Mirad los bigotes de Velvet!

Penny y Shannon se giraron para ver a la gata. Ante ellas, sus bigotes despedían de nuevo el mágico brillo dorado y su rabo se movía de un lado a otro.

—¡Velvet nos está queriendo decir que estamos en el lugar indicado! —dijo Summer.

—Pero si no hemos encontrado nada —señaló Shannon apuntando de nuevo al interior de la sala.

La luz dorada de los bigotes de Velvet parecía alejarse de la gatita en una nube de chispas. Penny observó cómo la nube se elevaba hasta envolver una figura de piedra.

—¡Allí! —dijo, agarrando el brazo de Shannon—. ¡Encima de la librería!

Shannon apuntó con el haz de luz de la linterna, y en la parte superior se podía ver la figura de una gárgola de piedra cuyos ojos permanecían cerrados.

—¡Es la bestia que no puede ver! —exclamó Shannon, y corrió hasta la librería. La gárgola estaba en los estantes superiores y no podían alcanzarla.

—¡Shannon, ten cuidado! —dijo Summer, nerviosa.

Shannon se subió a la librería y palpó con la mano la extraña figura.

—Seguro que esconde algo en su interior —dijo casi sin aliento—. Pues debe de ser esta la gárgola que buscábamos.

El codo de Shannon golpeó sin querer la nariz de la gárgola y esta se torció ligeramente. Hubo un fuerte ruido, como si algo se resquebrajara, y Penny y Summer ahogaron un grito al sentir que los estantes temblaban.

—¿Es normal que suceda esto? —exclamó Shannon mientras se agarraba con fuerza de uno de los anaqueles con las dos manos.

La librería parecía hundirse hacia dentro como si fuera una puerta, y se llevaba a Shannon con ella. Penny alcanzó a ver algo así como un pasadizo. Por fin, Shannon pudo bajarse y posar sus pies en el suelo mientras Penny y Summer se asomaban al agujero que se había descubierto.

Summer apuntó con la linterna. No se podía ver el fondo.

—¡Se trata de un pasadizo secreto! —susurró.

# Capítulo diez

—¡Genial! —dijo Shannon, y se unió a sus amigas.

Iban a entrar al pasadizo. Velvet fue la primera en hacerlo, Penny, Summer y Shannon la siguieron. Se encontraron con un largo, angosto y serpenteante pasillo.

—Parece el pasadizo de una película de terror.

—¡Mirad! Hay una puerta —dijo Summer señalando al final del pasillo. Había una gran puerta de madera con bisagras de hierro—. Me pregunto qué habrá detrás de ella.

Penny empujó la pesada puerta, que se abrió con un crujido. Shannon apuntó con su linterna y Penny y Summer se asomaron con cautela. Penny estaba realmente entusiasmada. ¿Con qué se encontrarían? ¿Estaría aguardándolas el Ojo del Cielo detrás de esa puerta?

—¡No hay nada! —dijo Shannon, desilusionada.

Las tres amigas guiadas por la gatita atravesaron la entrada y miraron alrededor. Shannon tenía razón. Era una habitación, de paredes y suelo de losa, pero no había absolutamente nada en ella. Al llegar al otro extremo de la pequeña habitación Velvet maulló.

Llena de curiosidad, Penny se dirigió hacia ella para acariciarla y calmarla cuando sintió que una de las losas cedía bajo su peso.

—¡Oh! —murmuró Penny—. ¿Qué es esto?

Las tres amigas examinaron la losa. Velvet señalaba insistentemente los bordes de la piedra con una de sus patitas.

—Parece pesada —dijo Shannon—. Pero está suelta.

—Intentemos levantarla —sugirió Summer.

Las tres amigas se prepararon. Shannon contó hasta tres y todas hicieron fuerza al mismo tiempo. Muy despacio fueron levantando la losa hasta apoyarla en el suelo.

—¡Mirad! —dijo Penny. No podía creer lo que veía. Debajo de la losa había una pequeña caja de madera.

—¡Creo que hemos encontrado el Ojo del Cielo! —dijo Summer, casi sin aliento.

—¡Sí! —agregó Shannon.

Penny cogió la caja. Estaba tallada con motivos florales. Levantó la tapa con cuidado.

—¡No! —exclamó al ver el interior, forrado de terciopelo rojo—. ¡Está vacía!

—¡Debe de haber sido la señora Stockbridge! —dijo Summer, al tiempo que se disponían a salir del pasadizo, con sigilo, para volver a su habitación—. Lo ha encontrado antes que nosotras.

—Y ahora, ¿qué hacemos? —preguntó Shannon preocupada—. ¡*Tenemos que* recuperar el Ojo del Cielo como sea!

—Pero ¿cómo? —preguntó Summer—. Cualquiera de las maestras creería antes a la señora Stockbridge que a nosotras.

—Tiene que haber alguna forma... —dijo Penny con determinación ya en su dormitorio—, ya se nos ocurrirá algo...

Las tres amigas se dieron las buenas noches, pero Penny no podía conciliar el sueño. Fuera rugía una fuerte tormenta y cada vez que sentía que se quedaba dormida, la explosión de un trueno la volvía a despertar. Pasó horas desvelada en la cama mientras pensaba en el zafiro perdido y a la mañana siguiente, al despertarse, se sentía cansada.

—Buenos días —dijo Penny, y bostezó.

—¡Pareces no haber dormido en toda la noche, Penny! —dijo Shannon—. Yo estuve despierta durante horas antes de dormirme, no podía dejar de pensar en la forma de recuperar el zafiro.

—Yo tampoco —dijo Summer.

—¿Y se os ha ocurrido algo? —preguntó Penny, esperanzada.

Shannon y Summer sacudieron la cabeza.

—Bueno, de cualquier forma será mejor que nos levantemos ya —dijo Summer mientras se incorporaba—. Así podremos terminar nuestros disfraces antes del desayuno.

—Vamos —coincidió Penny.

Deseaban que llegara el día de la fiesta, pero sabían que la disfrutarían más si hallaban antes el Ojo del Cielo.

Esa mañana, se encontraron con que no había agua caliente en las duchas. Tampoco funcionaba la calefacción en toda la escuela.

—¡Hace mucho frío! —comentó Shannon.

Después de sus rápidas duchas de agua fría, regresaron a su dormitorio para terminar sus disfraces para la noche de brujas. No podían pensar en otra cosa que en el Ojo del Cielo y en la manera de arrebatárselo a la señora Stockbridge, pero todavía no habían ideado ningún plan, por eso, durante el desayuno, Penny se sentía bastante desanimada.

—Siento el imprevisto —se disculpó Juliana. Las niñas aguardaban su turno en la fila del comedor—. Me temo que hoy solo habrá cereales para desayunar. Anoche, durante la tormenta, un relámpago derribó uno de los árboles del jardín y cayó sobre el tendido eléctrico, así que estaremos sin electricidad hasta que todo vuelva a la normalidad.

—¡No hay huevos revueltos! —se quejó Shannon.

—Y nos hemos tenido que duchar con agua fría —agregó Penny.

Juliana les sirvió el desayuno. Parecía distraída.

—¿Le ocurre algo, Juliana? —preguntó Summer.

Juliana suspiró.

—Esta mañana, ¡el motor de mi coche se ha estropeado! —contó—. He tenido que dejarlo al principio del sendero que conduce a la escuela. ¡Ni siquiera sé si tendrá arreglo!

Justo en ese momento, apareció Olivia Chandler.

—¿Puedo llevarle un cuenco de cereales a Rose? —le preguntó a Juliana—. Se tropezó esta mañana y se ha lastimado el tobillo, y la directora le ha recomendado que se quede en su dormitorio.

—Pero ¿qué pasa hoy en la escuela? —se preguntó Juliana, y le sirvió los cereales a Olivia.

Penny, Summer y Shannon estaban disfrutando de su desayuno, y de repente:

—¡Chicas! —exclamó Shannon—. ¡Ya sé qué puede estar pasando hoy en la escuela! ¡Es que el Ojo del Cielo ha desaparecido de su escondite!

—Sí, claro, el encantamiento de protección de Estelle ya no tiene efecto —replicó Penny al darse cuenta de que su amiga tenía razón—. ¡Apuesto a que la señora Stockbridge se lo ha llevado a su casa! Ella vive en la parte nueva del pueblo, por eso la escuela ya no está protegida.

—Y tampoco la parte antigua del pueblo —señaló Summer—. Allí es donde vive Juliana. ¡Imagino que esa es la razón por la que su coche se ha averiado!

—Eso significa que solo hay una cosa que podemos hacer —sugirió Shannon—. ¡Debemos pedirle a la señora Stockbridge que devuelva el zafiro!

Las tres amigas no tuvieron oportunidad de hablar con la señora Stockbridge hasta que terminaron las clases. La señorita Linnet había convocado una asamblea extraordinaria esa tarde para comunicar a todas las alumnas de Charm Hall los detalles de la fiesta de la noche de brujas. Enfrentarse a la maestra de Historia no era lo que más deseaba Penny, pero no sabían que otra cosa podían hacer para recuperar el Ojo del Cielo.

La señora Stockbridge estaba trabajando en su escritorio, cuando vio a las niñas entrar en la sala, y sonrió. A Penny le pareció que detrás de esa sonrisa se escondían oscuras intenciones. La señora Stockbridge no parecía sincera. Penny se preguntaba como pudo alguna vez confiar en ella.

—Queremos que devuelva el Ojo del Cielo —dijo Shannon sin rodeos, y se detuvo frente a su escritorio—. Pertenece a Charm Hall.

—Y el diario de Estelle —agregó Penny.

—Oh, queridas —dijo la señora Stockbridge con una falsa sonrisa—. Me temo que no tengo la menor idea de qué estáis hablando. Vuestro trabajo de investigación sobre Charm Hall, Estelle y el Ojo del Cielo debe de haberos confundido.

—Sabemos que lo tiene usted —dijo Summer en voz baja—. Y no le pertenece. ¡Eso la convierte en una ladrona!

—Ten cuidado, Summer —dijo la señora Stockbridge en un tono severo—. No acuses a nadie sin pruebas. —Entornó los ojos y continuó—: De todos modos, aun si tuviera el zafiro, ¿por qué habría de entregároslo? Es muy valioso, vosotras lo sabéis bien. ¡Santo Cielo! ¡Quien lo posea es muy afortunado! ¡Se hará rico!

—¡Pero Charm Hall lo necesita! —dijo Penny, enojada—. ¿Y todas las cosas terribles que han sucedido hoy? Estamos seguras de que se deben a la desaparición del zafiro.

La señora Stockbridge se echó a reír.

—La idea de que el zafiro es un amuleto no es más que una tonta superstición —declaró al tiempo que guardaba sus libros en una caja—. Ahora, marchaos. Estoy muy ocupada, tengo que recoger mis cosas. Mañana me voy, no continúo en Charm Hall.

—¿Se va? —preguntó Shannon sorprendida.

La señora Stockbridge sonrió.

—Sí, nos iremos a vivir al extranjero, a un lugar muy cálido y muy, *muy* lejano, pero vendré para la fiesta de la noche de brujas —continuó con una sonrisa malévola—. ¡Será para mí como una fiesta de despedida! Ahora debo darme prisa. Todavía tengo que calificar vuestros trabajos.

Recogió su caja y caminó hacia la puerta.

—A propósito —dijo antes de salir—, permitidme felicitaros por vuestra investigación, niñas. Me pareció muy interesante, y *muy* útil. ¡Os pondré la nota más alta! —Y desapareció.

—Debemos recuperar el zafiro antes de que se vaya de Charm Hall —exclamó Shannon—, si no queremos perderlo para siempre.

—Pero ¿qué podemos hacer? —gimoteó Summer.

—Ya pensaremos en algo —dijo Penny antes de que sonara el timbre que anunciaba la asamblea—. ¡No nos daremos por vencidas tan rápido!

Las niñas se apresuraron para unirse al resto de la escuela y llegaron al salón justo antes de que apareciera la señorita Linnet.

—Antes de que hablemos de la fiesta, me temo que tengo malas noticias que anunciaros, niñas —habló la directora—. Debido a un asunto familiar, desafortunadamente, la señora Stockbridge se ha visto obligada a abandonar la escuela.

Un murmullo de asombro recorrió el salón de actos; las alumnas parecían muy afectadas. «La señora Stockbridge es una maestra popular», pensó Penny. «Porque nadie sabe cómo es en realidad, claro».

—Sé que quienes habéis sido alumnas suyas la extrañaréis —continuó la señorita Linnet—. Os alegrará saber, sin embargo, que nos acompañará en la fiesta de la noche de brujas y que participará en las actividades que hagamos el sábado. Este día deberéis estar listas, con los disfraces puestos, para salir a las siete de la tarde. El autocar os esperará a esa hora.

Mientras la señorita Linnet hablaba de los detalles de la fiesta, a Penny se le ocurrió una idea. «¡Si este plan funciona, tendremos la posibilidad de encontrar el Ojo del Cielo y devolverlo a Charm Hall!», pensó Penny, entusiasmada.

# Capítulo once

—¡Ya sé qué podemos hacer para recuperar el zafiro! —le dijo Penny a Shannon y a Summer.

Las tres amigas habían vuelto a su dormitorio después de la asamblea y estaban ocupadas eligiendo la decoración para la fiesta. Habían colocado papel de periódico sobre el suelo y vaciaban calabazas. Velvet permanecía sobre la cama de Shannon y parecía observar la escena con interés.

—¿Qué propones? —preguntó Shannon, con curiosidad interrumpiendo su labor.

Penny sonrió.

—He estado pensando en este plan desde la asamblea y ahora estoy convencida de que podría funcionar...

—¡Cuéntanos, Penny! —la urgió Summer.

—Creemos que el Ojo del Cielo está en la casa de la señora Stockbridge en la parte nueva del pueblo, ¿verdad? —comenzó a decir Penny, sentada sobre sus talones. Sus amigas asintieron con la cabeza—. Y mañana por la tarde iremos a pedir dulces al pueblo. Entonces, todo lo que tenemos que hacer es inventar alguna excusa para que el señor Stockbridge nos deje entrar en su casa y, una vez dentro, ¡buscamos el zafiro!

—¡Muy buena idea, Penny! —declaró Shannon.

Pero Summer frunció el ceño.

—Pero no estaremos solas, las maestras no nos dejarán apartarnos del grupo, y además, una de ellas será la mismísima señora Stockbridge —señaló—. ¿No creéis que alguien podría descubrir nuestro plan?

—Ya he pensado en eso —dijo Penny al tiempo que miraba su disfraz de hombre lobo. Le había llevado muchísimo tiempo coserlo—. Como sabéis, casi todas las chicas de la escuela irán vestidas de brujas, ¿verdad? Pues…

—¡Ah! Si nosotras nos disfrazamos de brujas, nos confundiremos en la multitud y podremos escabullirnos y acercarnos a la casa de la señora Stockbridge —continuó Summer—. ¡Es una idea brillante!

Shannon dirigió con tristeza una mirada a la máscara de cartón piedra de Frankenstein que estaba sobre su escritorio.

—¡De verdad deseaba ponerme mi máscara! —suspiró—. Pero el zafiro es sin duda más importante. ¡Supongo que esto significa que tenemos que confeccionar disfraces de brujas para el sábado!

Penny asintió con la cabeza.

—Así que es mejor que empecemos cuanto antes —dijo.

—¡Penny, tenías razón! —susurró Summer—. ¡Esto está abarrotado de brujas!

Era sábado por la tarde, y Penny, Shannon y Summer esperaban junto con el resto de las niñas de su curso en la entrada de la escuela, listas para salir a pedir dulces.

—No hay forma de que ganemos el premio al mejor disfraz —señaló Shannon al tiempo que llegaban la señora Stockbridge y otras maestras—. ¡Hay demasiadas brujas!

—No importa —dijo Penny—. Aspiramos a un premio mucho mayor: ¡el Ojo del Cielo!

—¿Estamos todas? —preguntó la señora Stockbridge.

En ese momento, Mia se acercó a la maestra. Ella también iba disfrazada de bruja. Shannon y Summer sonrieron.

—Abigail no vendrá, maestra —dijo Mia sin aliento—. Todavía está trabajando en su disfraz.

—Muy bien —dijo la señora Stockbridge—. Vamos entonces, niñas. El autocar nos espera.

Las alumnas marchaban en tropel entre risas. Penny, Summer y Shannon iban las últimas. Cuando pasaron junto a la señora Stockbridge, le mostraron sus mejores sonrisas.

—¡Estáis fantásticas de brujas, niñas! —comentó—. Como pequeñas Estelles Charm, ¿verdad? Creo que a partir de ahora os llamaré Estelle uno, dos y tres.

Shannon parecía estar a punto de escupir fuego por la boca, y Penny se apresuró a intervenir para hacer subir a su amiga al autocar.

—¡Encontraremos ese zafiro aunque sea lo último que hagamos! —anunció Shannon, furiosa, y se acomodó en un asiento.

El autobús recorrió el sendero que llevaba al pueblo, y se detuvo junto al parque central.

—Pasadlo bien, niñas —las animó la señora Stockbridge—, pero aseguraos de ir siempre en grupos de tres o más y, por favor, no os alejéis demasiado. No queremos llegar tarde a la fiesta, ¿verdad?

Penny, Shannon y Summer intentaron ignorar a la señora Stockbridge y su irritante sonrisa de satisfacción. Los grupos se dispersaron siguiendo distintas direcciones. Las maestras intentaron no perder de vista a ninguno.

—Por aquí —susurró Shannon, señalando el camino, aprovechando que la señora Stockbridge estaba de espaldas a ellas.

Rápido y en silencio, las niñas se escabulleron. Penny y Shannon recordaban exactamente dónde quedaba la casa de la señora Stockbridge. Avanzaron calle arriba. Penny sintió una oleada de alivio cuando vio que las luces estaban encendidas. Si el señor Stockbridge hubiera estado fuera, su plan se habría arruinado.

Shannon tocó el timbre y quedaron a la espera. Pareció que pasaron años antes de abrirse la puerta.

—¡Truco o trato! —dijeron las tres amigas a coro.

El señor Stockbridge permaneció callado por unos instantes. Parecía un poco sorprendido. En seguida sonrió.

—¡Hola! Vosotras sois alumnas de la escuela de mi esposa, ¿verdad? —dijo—. Lo lamento muchísimo, pero no tengo ningún dulce para daros. —Parecía avergonzado—. Veréis, nos mudaremos mañana y todo está ya empacado, listo para que los mozos de la compañía de mudanzas lo carguen.

—¡Oh, qué pena! —dijo Penny sonriendo—. No se preocupe, no le haremos un truco, pero ¿me permitiría usar su baño, por favor?

Para su sorpresa, el señor Stockbridge asintió con la cabeza.

—Pasa —dijo amablemente—. Está arriba, a la derecha.

Penny, Summer y Shannon entraron en la casa, y Penny salió disparada al piso de arriba a toda velocidad. Podía oír detrás de sí cómo Shannon y Summer hablaban con el señor Stockbridge.

Penny cerró la puerta del baño con el mayor ruido posible y luego atravesó el rellano de puntillas.

Había tres dormitorios llenos de cajas dispuestas para la mudanza; Penny tuvo que hacer un esfuerzo para no tropezarse y caer al pasar entre ellas. Las cajas estaban bien cerradas con papel de embalar pero Penny no pensó en ningún momento que la señora Stockbridge hubiera guardado la joya en una de esas cajas. Las cajas se las llevarían los hombres de la compañía de mudanzas, y la señora Stockbridge querría que el Ojo del Cielo viajara con ella.

Penny fue habitación por habitación, lo más deprisa que pudo, buscando la joya, y en cada una revisó todos los armarios y estantes con que se topó, pero no encontró nada. Finalmente, entró en la habitación más pequeña y miró a su alrededor, pero el Ojo del Cielo tampoco parecía estar allí.

De repente, escuchó ruido de pasos que se acercaban, el señor Stockbridge subía por la escalera.

# Capítulo doce

Penny apenas tuvo tiempo de llegar al descansillo, cuando el señor Stockbridge apareció en el piso de arriba.

—¡Ah, aquí estás! —dijo con una sonrisa—. ¡Pensé que te habías quedado encerrada!

—Estoy bien, gracias —dijo Penny, fingiendo despreocupación. No tenía más opción que seguir al señor Stockbridge escaleras abajo.

Summer y Shannon aguardaban en el hall. Miraron a Penny con esperanza al verla bajar. De repente, se escuchó el sonido de una llave en la cerradura y la puerta principal se abrió: era la señora Stockbridge.

La maestra se detuvo en seco cuando vio a las tres niñas, y su rostro palideció.

—¿Qué-qué-qué estáis haciendo vosotras aquí? —tartamudeó.

—Pues..., Susan, ¿no lo adivinas? —dijo el señor Stockbridge, bromeando. ¡Están pidiendo dulces!

La señora Stockbridge parecía muy nerviosa, y Penny supuso que su esposo no sabía nada sobre el robo del zafiro.

—Pues... ¡no debisteis alejaros tanto del autobús! —respondió malhumorada.

Penny se excusó.

—Lo siento, señora Stockbridge —dijo en tono alegre—. Nos dejamos llevar por la emoción.

—Las tres, regresad al autocar inmediatamente —dijo la maestra en un tono distante—. Vine solo para cambiarme de abrigo, hace más frío del que esperaba.

—Pues nos vamos —respondió Penny.

Al pasar junto a la señora Stockbridge en dirección a la puerta principal, agregó en voz baja:

—De todas formas, ¡encontramos lo que estábamos buscando!

El rostro de la maestra se transformó y Penny, Shannon y Summer salieron de la casa.

—¡Lo has encontrado! —exclamó Summer. Tenía los ojos chispeantes.

—¡Genial! —dijo Shannon entre risas.

—*No, no* lo he encontrado —confesó Penny con tristeza—. Solo quería que la señora Stockbridge *creyera que sí*.

Summer y Shannon permanecieron en silencio.

—Lo que nos interesa es que la señora Stockbridge nos lleve al lugar donde se encuentra el zafiro, pues querrá asegurarse de que sigue donde lo escondió —explicó Penny—. Si miramos por la ventana y vemos en qué cuarto entra, podremos descubrir su escondite, ¡pero tendremos que actuar con rapidez!

—Yo me ocuparé de la ventana de la parte delantera —dijo Shannon, y salió corriendo para esconderse detrás de un gran arbusto, frente a la ventana de la sala de estar.

Summer y Penny se dirigieron al jardín trasero.

—No podemos cubrir *todas* las ventanas —se lamentó Summer mientras miraba dentro de la cocina—. Por ejemplo, las del piso de arriba.

—Bueno, tal vez podamos... —dijo Penny masticando las palabras y señalando en dirección a un gran manzano que crecía junto a la casa. Una de las ramas se extendía hasta una de las ventanas del primer piso.

—Tú quédate aquí, Summer. Yo me subo.

Penny trepó por el árbol con cuidado de no engancharse en las ramas el largo vestido que llevaba. Se recostó sobre la que llegaba hasta la ventana del dormitorio y miró dentro. La habitación estaba a oscuras.

De repente, la luz se encendió. Penny se agarró con fuerza a la rama para evitar que la vieran. Le pareció ver una sombra oscura cruzar la habitación, aunque no tuvo mucho tiempo para pensar en ello porque en seguida vio la figura de la señora Stockbridge en la entrada del dormitorio. Observó la escena casi sin atreverse a respirar. La maestra entró en la habitación, se agachó y levantó una de las tablas de madera del suelo. En su rostro se dibujó una sonrisa de alivio.

El corazón de Penny comenzó a latir con fuerza cuando la señora Stockbridge abandonó la habitación. Apagó la luz al salir pero olvidó cerrar la puerta.

—¡Summer! —llamó Penny a su amiga en voz baja—. Ve a buscar a Shannon y subid aquí conmigo. ¡Ya sé dónde está el Ojo del Cielo!

Penny vio desaparecer a Summer por uno de los costados de la casa. Un instante después estaba de vuelta con Shannon. Las dos amigas se subieron también al árbol.

—¿Dónde está? —preguntó Shannon, nerviosa.

—Está debajo del suelo, en el centro de la habitación —explicó Penny, señalando la ventana del dormitorio—. ¡Tenemos que intentar entrar en esa habitación como sea!

De repente, Shannon ahogó un grito.

—¡Mirad! —exclamó.

Penny se giró y se encontró con un par de ojos color ámbar que la miraban desde el interior de la habitación.

—¡Oh! —susurró Penny asombrada—. ¡Es Velvet!

# Capítulo trece

—¡Ha venido a ayudarnos a recuperar el Ojo del Cielo! —exclamó Shannon.

Velvet no dejaba de mirar a las niñas. Penny sintió una oleada de excitación cuando vio que los bigotes de Velvet comenzaban a chispear con el brillo dorado que siempre anuncia su magia.

—¡Mirad la ventana! —dijo Summer.

La ventana parecía vibrar y ondularse como si estuviera hecha de agua en lugar de un material sólido.

Con cuidado, Penny se aproximó y tocó el vidrio, y notó que la superficie de cristal se había convertido en algo blando como la gelatina. Sus dedos llegaron a atravesar la ventana hasta hundir el brazo como si no hubiera resistencia ninguna. Summer, llena de curiosidad, hizo lo mismo y atravesó el cristal con el brazo. Velvet dejó escapar un maullido de alegría, se bajó del alféizar de la ventana de un salto y permaneció quieta, mirando a las tres amigas.

—¡Entremos! —dijo Shannon, atravesando la ventana con todo su cuerpo.

Unos segundos más tarde, se encontraba dentro de la habitación y saludaba con la mano a Penny y a Summer, que la miraban boquiabiertas desde el otro lado.

Penny y Summer hicieron lo mismo. «Es como pasar a través de un gran bloque de gelatina», pensó Penny al atravesarla.

—Ahora..., ¿cuál es la tabla suelta, Penny? —preguntó Shannon en voz baja.

—Es esta de aquí —respondió Penny.

Vio que la tabla tenía un agujerito en uno de los extremos. Rápidamente metió un dedo en el agujero y levantó la madera.

Debajo, en la cavidad del suelo, se encontraba el diario de Estelle Charm, y sobre este, algo envuelto en papel de seda.

Penny lo cogió y abrió el envoltorio.

—¡Oh! —dijo, impresionada—. ¡Es hermoso!

El mismo collar de oro que habían visto en la web lo tenía ahora Penny en la palma de la mano y, en su centro, el Ojo del Cielo irradiaba una brillante luz de color azul. Las tres amigas quedaron cautivadas por su belleza.

—Será mejor que nos vayamos de aquí —sugirió Shannon.

Penny envolvió el collar nuevamente y lo guardó en su bolsillo, y Summer se puso el diario de Estelle bajo el brazo y lo cubrió con la capa negra de su disfraz de bruja para salir apresuradas por donde habían entrado.

—¡Vamos, Velvet! —le susurró Penny a la gatita.

—¡Oh, no! —gritó Summer.

La ventana había vuelto a ser de cristal, y Velvet no estaba en ninguna parte.

—Velvet ha desaparecido —dijo Shannon mientras bajaban del árbol—. Gracias a ella, ¡hemos recuperado el Ojo del Cielo!

—Será mejor que regresemos al autocar —susurró Summer mientras atravesaban el jardín de los Stockbridge de puntillas—. Ya casi es hora de que comience la fiesta.

—Ahora que tenemos el Ojo del Cielo, ¡*lo pasaremos en grande*! —agregó Penny, alegre.

Se unieron al grupo, cuando todas sus compañeras se disponían a subir al autocar. Al llegar su turno, tuvieron que pasar delante de la señora Stockbridge, que les sonrió con amabilidad.

—Cree que el zafiro sigue a salvo bajo el suelo de su casa —susurró Shannon—. No sabe lo equivocada que está.

—¡No sonriáis! —dijo Summer entre dientes—. Mostraos afligidas. ¡Que no pueda adivinar que lo hemos encontrado!

Cuando el autocar llegó a la escuela, la fiesta estaba a punto de comenzar. Las tres amigas pasaron por su habitación antes de unirse a la celebración para esconder el diario de Estelle, y encontraron a Velvet acurrucada, feliz, sobre la cama de Shannon.

—¡Sabía que llegaría a casa antes que nosotras! —rio Shannon.

Las tres amigas se entretuvieron algo más de lo previsto jugando con la gatita antes de bajar.

El salón de actos se había transformado en un escenario lleno de fantasmas de papel de seda y murciélagos de cartulina negra que batían sus alas colgando del techo. En el centro de cada mesa había una calabaza, y las alumnas de Charm Hall no paraban de bailar al ritmo de la música. Algunas maestras participaban organizando los juegos: como «pescar manzanas con la boca» o «ponle el hueso al esqueleto».

De repente, una carcajada llamó la atención de las tres amigas. Penny se giró y se encontró con una enorme calabaza anaranjada que caminaba balanceándose hacia ellas.

Shannon cogió a Penny del brazo con fuerza.

—¿Esa... esa es *Abigail*? —tartamudeó.

Penny asintió con la cabeza. No podía quitarle los ojos de encima. Era como si una enorme calabaza hubiera devorado a su compañera. No podían imaginar cómo esa enorme calabaza pudo haber entrado por la puerta del salón de actos.

La cabeza de Abigail se asomaba por un agujero en la parte superior del disfraz. Llevaba un collar de hojas verdes hecho de fieltro y también se había pintado el rostro de verde. Penny no podía evitar que se le escapara una risita. Era una imagen ridícula, pero al mismo tiempo era un disfraz impresionante. Pudieron reconocer que le habría llevado mucho trabajo confeccionarlo.

Shannon y Summer también reían, a todas las compañeras las impresionó.

—¡Desearía tener mi cámara de fotos! —murmuró Penny al ver a Abigail tambalearse. Mia la seguía de cerca.

—Este sí que es un buen disfraz, Abigail —señaló Shannon. Se esforzó por mantenerse seria.

Abigail miró a Shannon y frunció el ceño.

—¡Pensé que vosotras también os disfrazaríais de calabazas! —estalló.

—No —contestó Summer, desconcertada—. ¿Qué te hizo creer eso?

Abigail parecía un poco avergonzada.

—Oh, eh... no, nada... —masculló.

Mia la miró con el ceño fruncido.

—Pero no me habías dicho que escuchaste a Shannon decir que lo típico de la noche de brujas son las calabazas —dijo.

—Ah, es verdad —murmuró Penny. Le vino a la memoria la conversación que mantuvieron en la terraza el día en que Abigail apareció por detrás y les quitó su mesa.

—¡Conque sí! —exclamó Shannon al tiempo que arqueaba las cejas—. ¡Pensaste que estaba sugiriendo que nos disfrazáramos de calabazas! —Sacudió la cabeza—. Solo hablaba de la decoración de la noche de brujas, ¡no de nuestros *disfraces*!

—Oh... —Abigail se desanimó.

Y es que su intención era conseguir que su disfraz de calabaza fuera el más impresionante de todos.

—¿Abigail? —Chloe apareció a su lado—. Es nuestro turno, tenemos que pescar manzanas con la boca. Te he estado buscando por todas partes.

—Pues, ¡no creo que sea difícil dar conmigo! —replicó Abigail de mal humor—. Después de todo, ¡soy *la calabaza más grande de la fiesta*!

Penny intentaba contener la risa.

—¡Todo esto ha sido una pérdida de tiempo, Mia —se quejó Abigail, y se marchó ofendida—. Todo el esfuerzo que hemos dedicado las dos a este disfraz, ¡y estas tres se disfrazan de brujas! Y encima todo el mundo se ríe de mí porque las calabazas no tienen ni pizca de *glamour*.

—Pobrecilla, lo siento por ella —admitió Penny—. Y... también por Mia. ¡Parece que la lió para que la ayudara, como siempre!

—De todas formas, a mí me parece un disfraz espectacular —dijo Summer.

—Y ahora sabemos por qué nos espiaba Abigail todo el tiempo —comentó Penny—. Después del comentario de Shannon sobre lo geniales que serían nuestros disfraces, ¡quiso averiguar de qué nos disfrazaríamos!

—Pues, misterio resuelto. Ahora, tomemos algo —sugirió Summer—. Y celebremos que hemos recuperado el Ojo del Cielo.

—De acuerdo. Pero, después de ver a Abigail, ¡no creo que me apetezca el pastel de calabaza! —bromeó Shannon entre risas.

«La fiesta está saliendo genial», pensó Penny satisfecha. Summer y ella animaban a Shannon, que con los ojos tapados, intentaba ponerle un hueso al esqueleto. «Y lo mejor de todo es que tengo el Ojo del Cielo en mi bolsillo».

Para dar por terminada la fiesta, la señorita Linnet subió al escenario y anunció el nombre de la ganadora del premio al mejor disfraz.

—Bien, niñas. Todas habéis trabajado mucho para que la fiesta fuera un éxito —dijo con una sonrisa—. Además, hemos visto algunos disfraces maravillosos. Pero el premio de las dos entradas de cine es para la calabaza más grande que jamás se haya visto: ¡para Abigail Carter!

El salón estallaba en aplausos mientras Abigail caminaba con dificultad dentro de su disfraz hacia el escenario y la señorita Linnet le entregaba su premio.

—¡Gané! —exclamó Abigail, llena de alegría—. ¿Quieres venir conmigo al cine, Mia? Después de todo, ¡me ayudaste un poquito!

Penny sonrió al ver la expresión en el rostro de Mia.

—¡Típico de Abigail! —rio Shannon—. Apuesto a que trabajó tanto como ella en el disfraz, ¡y ahora es Abigail quien se lleva todo el mérito!

Las alumnas de Charm Hall habían disfrutado mucho de la fiesta y estaban agotadas. También Penny, Shannon y Summer. Sin embargo, Penny no podía dejar de pensar en el Ojo del Cielo: «Mañana la señora Stockbridge tomará un avión a algún lugar muy, muy lejano sin el Ojo del Cielo», pensó. «Solo nos queda una cosa que hacer...».

—Chicas, debemos encontrar un nuevo escondite para el zafiro —señaló—. Un lugar en el que la señora Stockbridge no pudiera encontrarlo, aunque *regresara* a Charm Hall.

Sus amigas asintieron con la cabeza.

—Mirad —dijo Shannon—. ¡Allí está Velvet!

La gatita negra estaba sobre una de las gárgolas que custodiaban las escaleras. Cuando las niñas se aproximaron, comenzó a moverse sobre la cabeza de la figura de piedra, la más grande y redonda de todas y de orejas enormes. De repente, maulló.

—¡Gracias por todo, Velvet! —dijo Penny.

—Eres una gatita muy inteligente —agregó Summer mientras la acariciaba tiernamente—. Pero para nosotras ya es hora de ir a dormir.

—¡Mirad! ¡Le brillan de nuevo los bigotes! —exclamó Shannon—. ¡Y su rabo se mueve de un lado a otro! Ya sabéis lo que eso significa...

Y con un suave crujido, la oreja de la gárgola se torció hacia un lado.

—¿Qué...? —quiso decir Penny, pero no tuvo tiempo de terminar la frase: el escalón sobre el que permanecía de pie comenzó a deslizarse hacia un lado bajo sus pies.

# Capítulo catorce

Shannon y Summer, un escalón más arriba, soltaron una carcajada al ver que Penny casi pierde el equilibrio. Todas se arrodillaron para mirar dentro del hueco que había quedado al descubierto.

—¡Creo que es un escondite secreto! —anunció Shannon.

—Creo que Velvet nos acaba de indicar el nuevo escondite para el zafiro —dijo Summer con una sonrisa.

Penny sacó el collar de su bolsillo y lo desenvolvió rápido para echarle un último vistazo. Las tres amigas pudieron admirar el hermoso zafiro por unos segundos más, antes de colocarlo con cuidado en el escondite. Velvet se bajó de la cabeza

de la gárgola y el escalón volvió a deslizarse lentamente hasta ocupar su lugar.

Penny lo examinó de cerca. No presentaba diferencias respecto de los demás escalones.

—¡Misión cumplida! —dijo Shannon—. ¡Vamos a dormir!

«¡Qué día tan espléndido!», pensó Penny al acurrucarse debajo de su edredón y oír el rítmico ronroneo de Velvet que dormía ya a los pies de su cama. «Recuperamos el zafiro, la fiesta ha sido un éxito ¡y la señora Stockbridge estará a punto de descubrir que ya no tiene el zafiro en su poder!».

—¿Habéis disfrutado de la fiesta, niñas? —preguntó Juliana, y le sirvió a Shannon, de desayuno, una generosa porción de huevos revueltos.

—Mucho, ¡gracias! —contestó Shannon, alegre—. ¡Y la comida, deliciosa! ¿Qué tal su coche?

—Ya lo han reparado —respondió Juliana, contenta—. Aunque esta mañana, de camino hacia la escuela, ¡casi me cae encima la rama de un árbol!

—¿*Casi* le cae encima? —repitió Penny.

Juliana asintió.

—Sí. ¡Por poco no cae en el capó! —contestó—. Tuve suerte, porque podría haber estropeado la carrocería.

—¡La magia del Ojo del Cielo ha vuelto a proteger a Charm Hall! —susurró Summer a Penny y a Shannon—. ¿No es genial?

Penny y Shannon asintieron con la cabeza.

Como era domingo, las tres amigas pudieron disfrutar de una espléndida mañana sin obligaciones, leyendo y jugando a juegos de mesa.

—Me pregunto si ya se habrá marchado la señora Stockbridge —dijo Penny.

—No la he vuelto a ver en la escuela, así que es posible que ya se haya ido —respondió Shannon—. ¡Qué alivio!

Pero justo en ese momento, la señora Stockbridge apareció ante ellas. Penny sintió que su corazón se aceleraba al ver que la maestra les impedía el paso. La señora Stockbridge parecía furiosa. Había descubierto que el zafiro no estaba donde ella lo había guardado.

—¿Dónde está el Ojo del Cielo? —exigió saber, iracunda.

Penny sonrió.

—No tenemos la menor idea de qué está hablando, señora Stockbridge —respondió con las mismas palabras que había usado la maestra cuando le pidieron que devolviera la joya.

—Y *si lo tuviéramos* —agregó Summer, ¿por qué habríamos de devolvérselo?

—¡El Ojo del Cielo está donde debe estar! —dijo Shannon en tono firme.

La señora Stockbridge entornó los ojos y dio un paso hacia ellas.

—¡Ah! Veo que os estáis despidiendo de la señora Stockbridge —dijo la señorita Linnet uniéndose al grupo—. Estoy segura de que echará de menos a sus alumnas. ¡Me dijo que vuestro trabajo fue el mejor!

—Sí, señorita Linnet. ¡Son las estudiantes

más ingeniosas a las que he tenido el privilegio de enseñar! —dijo la señora Stockbridge con una falsa sonrisa—. ¡Adiós! —Hizo un gesto de despedida a la señorita Linnet y se marchó por el pasillo.

—¡No os pongáis tristes, niñas! —dijo la directora con buena intención—. Es una pena tener que despedirnos de una maestra como la señora Stockbridge.

Penny intercambió una mirada con sus amigas e intentó permanecer callada. No dudaba de que la señora Stockbridge fuera especial. Pero gracias a la ayuda de Velvet se marchaba de Charm Hall sin el precioso Ojo del Cielo. «¡Es lo que Estelle Charm hubiera deseado!», pensó Penny.